U0023732

# 神秘詩學
## Mystic Poetics

毛　峰／著
孟　樊／策劃

謹以此書獻給我的妻子路萍

毛　峰

# 出版緣起

　　社會如同個人，個人的知識涵養如何，正可以表現出他有多少的「文化水平」（大陸的用語）；同理，一個社會到底擁有多少「文化水平」，亦可以從它的組成份子的知識能力上窺知。眾所皆知，經濟蓬勃發展，物質生活改善，並不必然意味著這樣的社會在「文化水平」上也跟著成比例的水漲船高，以台灣社會目前在這方面的表現上來看，就是這種說法的最佳實例，正因為如此，才令有識之士憂心。

　　這便是我們——特別是站在一個出版者的立場——所要擔憂的問題：「經濟的富裕是否也使台灣人民的知識能力隨之提昇了？」答案

恐怕是不太樂觀的。正因爲如此,像《文化手邊冊》這樣的叢書才值得出版,也應該受到重視。蓋一個社會的「文化水平」既然可以從其成員的知識能力(廣而言之,還包括文藝涵養)上測知,而決定社會成員的知識能力及文藝涵養兩項至爲重要的因素,厥爲成員亦即民衆的閱讀習慣以及出版(書報雜誌)的質與量,這兩項因素雖互爲影響,但顯然後者實居主動的角色,換言之,一個社會的出版事業發達與否,以及它在出版質量上的成績如何,間接影響到它的「文化水平」的表現。

那麼我們要繼續追問的是:我們的出版業究竟繳出了什麼樣的成績單?以圖書出版來講,我們到底出版了那些書?這個問題的答案恐怕如前一樣也不怎麼樂觀。近年來的圖書出版業,受到市場的影響,逐利風氣甚盛,出版量雖然年年爬昇,但出版的品質卻令人操心;有鑑於此,一些出版同業爲了改善出版圖書的品質,進而提昇國人的知識能力,近幾年內前後也陸陸續續推出不少性屬「硬調」的理論叢

書。

這些理論叢書的出現，配合國內日益改革與開放的步調，的確令人一新耳目，亦有助於讀書風氣的改善。然而，細察這些「硬調」書籍的出版與流傳，其中存在著不少問題，首先，這些書絕大多數都屬「舶來品」，不是從歐美「進口」，便是自日本飄洋過海而來，換言之，這些書多半是西書的譯著。其次，這些書亦多屬「大部頭」著作，雖是經典名著，長篇累牘，則難以卒睹。由於不是國人的著作的關係，便會產生下列三種狀況：其一，譯筆式的行文，讀來頗有不暢之感，增加瞭解上的難度；其二，書中闡述的內容，來自於不同的歷史與文化背景，如果國人對西方（日本）的背景知識不夠的話，也會使閱讀的困難度增加不少；其三，書的選題不盡然切合本地讀者的需要，自然也難以引起適度的關注。至於長篇累牘的「大部頭」著作，則嚇走了原本有心一讀的讀者，更不適合作為提昇國人知識能力的敲門磚。

基於此故，始有《文化手邊冊》叢書出版

之議，希望藉此叢書的出版，能提昇國人的知
識能力，並改善淺薄的讀書風氣，而其初衷即
針對上述諸項缺失而發，一來這些書文字精簡
扼要，每本約在六至七萬字之間，不對一般讀
者形成龐大的閱讀壓力，期能以言簡意賅的寫
作方式，提綱挈領地將一門知識、一種概念或
某一現象（運動）介紹給國人，打開知識進階
的大門；二來叢書的選題乃依據國人的需要而
設計，切合本地讀者的胃口，也兼顧到中西不
同背景的差異；三來這些書原則上均由本國學
者專家親自執筆，可避免譯筆的詰屈聱牙，文
字通曉流暢，可讀性高。更因為它以手冊型的
小開本方式推出，便於攜帶，可當案頭書讀，
可當床頭書看，亦可隨手攜帶瀏覽。從另一方
面看，《文化手邊冊》可以視為某類型的專業辭
典或百科全書式的分冊導讀。

　　我們不諱言這套集結國人心血結晶的叢書
本身所具備的使命感，企盼不管是有心還是無
心的讀者，都能來「一親她的芳澤」，進而藉此
提昇台灣社會的「文化水平」，在經濟長足發展

之餘，在生活條件改善之餘，在國民所得逐日上昇之餘，能因國人「文化水平」的提昇，而洗雪洋人對我們「富裕的貧窮」及「貪婪之島」之譏。無論如何，《文化手邊冊》是屬於你和我的。

**孟樊**
一九九三年二月於台北

# 他　序

　　毛峰從1990年秋考上我的碩士研究生才正
式開始學術研究。他選取神秘主義這一獨特角
度研究詩學，短短幾年時間，便成為這一領域
的先行者。他同時進行中外哲學研究和當代文
化評論，使自己的眼界更開闊，目光更深邃。

　　《神秘詩學》運用詩歌哲學、詩歌美學、
比較文化學等研究方法，將詩與人類源遠流長
的神秘主義文化相溝通，闡述了詩傳達人類神
秘體驗的本體特性，從而為我國詩學研究打開
了一個新領域，填補了當代詩學研究的一項空
白，具有較高的學術價值和理論意義。

　　《神秘詩學》避免了傳統詩學和當代西方
文本主義詩學將詩作純技巧理解的偏向，注重
把握詩作為人類整合外在世界與內在世界的獨

特審美方式的文化底蘊，顯示出作者的詩性智慧和尋求人類精神家園的文化取向。對東西方神祕詩的理論梳理，顯示了作者獨到的學術見解，衝破了許多傳統看法。

這部詩學的功力還表現在，既創造性地闡釋古老東方文化的深厚底蘊，又與現代西方哲學的前沿銜接。作者將詩與人類對宇宙和自身命運的深切關注作本體論的界定，恢復了中國古代詩學和西方近現代詩學對詩的文化地位和人類精神世界的充分肯定，在學術研究上高揚了人文價值和人的終極關切。

作者以詩人的銳敏和靈氣，將學術問題化解爲對文化的深思，對人類生存意義的詩性觀照，使理論問題的闡釋洋溢著詩性智慧和情趣。對古今中外神祕詩的引用與剖析，顯示出作者極強的穎悟力。文筆優美流暢，結構清晰，可謂詩學一家之言。

**李麗中**

# 目　錄

# 卷首詩：我之開場白

這一刻
我想談說
眞理

那湮没在世紀的黑暗中
那顫抖於草尖之上
回蕩於愛情中的
每一聲
嘆息

萬物沉睡在慘白的光中
空虛的輕雲漫至天際

那穿透一切的
寂靜之聲

永不衰竭

撕扯我們的靈魂
啃噬我們的心

# 第一章
# 神秘體驗與詩歌本體

## 一、神秘體驗：詩的心理基礎 （古代東方詩學）

人降生之初，便以好奇的目光注視這個陌生的世界。

世界以無限的神秘向他湧來。

何者爲天？何者爲地？何者爲人？何者爲愛？何者爲生？何者爲死？⋯⋯問題撲面而來。

人以有限的生命置身於無限的宇宙之中，這是人的基本命運。人很快就發現了自己的命

運——生命短暫而脆弱，宇宙強大而持久，在
這一注定要失敗的抗衡中，人發現自己的理解
力遠不足以認識和把握外在於人的、永恆強大
的宇宙。

神祕感油然而生。

然而人類並未就此止步。人類的本性和特
點恰在於：人要以有限之身追隨無限，探索永
恆，發現處於無限神祕與沉默中的宇宙奧妙，
從而滿足自己的欲望。

於是人類動用了自己超乎理解力之上的最
高能力——想像力。人類想像宇宙萬物中也和
自己身體裡和心靈裡一樣存在著主宰力量，這
股力量被命名爲神、上帝。

原始的宗教信仰與崇拜便產生了。神祕主
義是人類理解和把握世界的基本方式之一。這
一點在古代尤其明顯。原始人類對無法控制的
大自然威力由恐懼一變而爲敬畏與讚美。人類
發明宗教祭祀儀式以安撫神靈，從而使自己獲
得安全感。同時，人類也發現了自己有限之身
與外在無限宇宙具有相同的性質：沛然宇宙生

機和生命活力充斥於萬物與人自身之中。

　　人在宗教祭祀歌舞中與神（無限的生命）有了深刻的溝通，人得以在宗教儀式中與神親近，從而使自身獲得歸屬與寄託。

　　詩歌便誕生於這種原始宗教的祭祀歌舞儀式中，先是口語禱辭，後來發展為文字經文與頌神詩。

　　詩從誕生之初便以神秘主義為基本內容和基本形式，神秘主義與人類詩歌發展的歷史貫徹始終。

　　讓我們回溯人類詩歌本源——詩產生的神秘之源。

　　古埃及文明是有史以來人類建立的第一個文明。古埃及宗教詩歌總集《亡靈書》奉獻了人類詩史上第一批神秘主義詩歌。請看其中的宗教哲理詩〈失望者和自己靈魂的談話〉：

　　　死神今天站在我面前，
　　　像康復的徵兆，
　　　像脫離了病魔的纏繞；

死神今天站在我面前，像荷花的芳香，
像是沉醉在煙雨茫茫的岸上……
死神今天站在我面前，
像消失了的風暴，
像遊子從遠方回到自己的故鄉；
死神今天站在我面前，像
像一個被監禁多年的囚徒
渴望見到家屋的牆垣…… (注1)

　　這是人類心靈第一次對死亡所作的深情讚美，其表達人類神秘體驗的深刻程度決不亞於二十世紀現代詩的死亡玄思。對這一主題所作的宗教性沉思和神秘主義的表達，貫穿了人類詩史。

　　死亡是無限宇宙投給有限人生的最強大濃重的陰影。整個古埃及文明便籠罩在死亡的濃重陰影之下，作為人類歷史上第一個文明，它代表了人類心靈與永恆歸宿的第一次血肉搏戰。古埃及陵墓金字塔是人類抗拒死亡、尋求永恆的第一個象徵。事實上，整個人類文明史，

便是人類以有限的生命追求無限的存在、抗拒
死亡，衰敗、消逝，企圖在廣漠的時空網絡上
留下一點痕跡的努力過程。

　　〈失望者和自己靈魂的談話〉以詩的形式
抒寫了人類對死亡（及其陰影下的生存）的神
秘體驗。詩的首句將死亡予以神秘的人格化，
精確地傳達了人對死亡降臨的神秘感受：既出
乎意料，又在意料之中，彷彿久盼的親人，久
喚不至，一朝前來；死亡以神秘的方式出現，
詩於平靜中使人感到詩句背後蘊藏著的、死神
降臨時目光炯炯俯視瀕死者的那種神秘的氛圍
和震撼人心的力量。同時，詩句平靜的口吻也
暗示了瀕死者對生的厭倦、死之解脫的安然態
度和祈盼心理，這種交織著超脫與絕望的宗教
情感使此詩開篇即顯得卓穎不凡。緊接著，詩
人以不斷的疊句將瀕死前的感覺予以神秘的美
化。死亡如同「康復的徵兆」、「荷花的芳香」、
「沉醉在煙雨茫茫的岸上」、「消失了的風
暴」，如同「遊子」、「囚徒」回家鄉一樣，令人
氣爽神清、心情激動。死神在神秘的出場之後，

又有神祕而完美的表現，它親如故土，美若荷
香，令人神往！這裡，詩人沒有讓生的形象出
場，卻以死之優美暗示和反襯生之悲苦，從而
使該詩成爲人類觀照生死的最初傑作之一。

人類歷史上的第一部長詩是由古巴比倫人
奉獻的。《吉爾伽美什》將古埃及的死亡玄思擴
展爲對生命奧秘的探索：

> 我的朋友啊，誰曾超越人世升了天？
> 在太陽之下永生者只有神仙。
> 人的壽數畢竟有限，
> 人們的所作所爲不過是過眼雲煙！
> ……
> 海水平靜了，暴風雨住了，洪水退了。
> 仰望天，已安靜如故，
> 所有的人都已葬身泥土。
> 在高如屋脊的地方，有片草原出現，
> 剛打開艙蓋，光線便照射我的臉。
> 我划船而下，坐著哭泣，
> 我淚流滿面，

在海的盡頭，我認出了岸。(注2)

與上引古埃及詩工整的排比不同，《吉爾伽美什》中的這段詩長短錯落有致，敍事性、描寫性、戲劇性效果均顯增強。這段詩可視爲一總體象徵，以洪水泛濫象徵現世苦難，主人公棄舟登岸，渡苦海而入幸福來世，這裡寓有的宗教性哲理與古埃及人以死爲家、以死亡爲還鄉的神秘主義看法一脈相通。

在海的盡頭，我認出了岸。

詩中主人公在洪水過後並未出艙登陸，也未感到慶幸和喜悅，而是「淚流滿面」地繼續去海上漂流，「在海的盡頭」，他「認出」了一個理想中的夢土，這裡「認出」說明此處海岸並非熟識的現實之岸，而是來世之岸，宗教隱喻性十分明顯，神秘主義賦予了古典詩歌素樸有力的品格。如果沒有它，古典史詩只是一篇嘮嘮叨叨的故事。遠古人類以宗教哲理詩和古典敍事詩表達了他們最初的神秘體驗和經歷。

　　希伯來、印度、希臘、中國文學並稱爲古代文學的四大寶庫。「大約紀元前一千年左右，在這四個國度裡，人們不約而同地歌唱起來。中國有風雅頌，印度有黎俱吠陀，希伯來有舊約詩篇，希臘有伊利亞特與奧德賽。」(注3) 四個古老的民族幾乎同時開始歌唱，但其歌唱的內容與方式卻略有不同：希伯來人歌唱他們深厚的宗教熱情，這種熱情作爲一種巨大的精神力量和文化力量深刻地影響了中古時代及其以後的世界歷史和詩史。

　　　　諸天述說上帝的榮耀，
　　　　蒼穹傳揚他的作爲。
　　　　這天向那天述說，
　　　　這夜對那夜傳播。
　　　　無言無語，也無聲音可聽；
　　　　但他的聲音傳遍人間，
　　　　他的言語傳到天涯。(注4)

　　在希伯來，詩人與祭司、先知一身二任，看護著本民族的生存與命運，從而誕生了燦爛

的先知文學和啓示文學，他們最先將對神秘體驗的沉思默想一變而爲狂熱的宗教感情的抒發。

印度人以純粹神秘主義的態度看待「我」（個體）與「梵」（宇宙本體，一種超自然存在）的關係，與埃及、巴比倫對人的有限存在（生與死）的悲劇性沉思不同，古印度人表達了生命個體（我）與宇宙本體（梵）合一的神秘體驗和由此感受到的神秘狂喜：

> 大梵爲眞、智、樂，
> 在高天兮隱深穴，
> 明彼者兮滿所欲，
> 同大梵兮遍明澈。（注5）

一切表明，古代文明的草創期，詩便與神秘主義結下了不解之緣：詩誕生於人類的神秘體驗和原初宗教實踐，隨人類神秘主義文化的發展而發展，二者同寓一體，互爲促進，密不可分。神秘主義往往採用詩的語言：詩則以人的神秘體驗爲內容。二者結合，構成了人類原

初把握世界的方式。

　　東方是人類文明的日出之地，也是神秘主義的誕生之地。古埃及、巴比倫的神秘主義影響了古希臘；希伯來神秘主義以基督教的形式影響了歐洲進入中世紀以後的全部西方歷史；古印度的神秘主義則通過叔本華等人影響了整個現代世界。

　　神秘主義是東方精華。

## 二、神秘體驗：詩的靈感之源（古代希臘詩學）

　　西方文明的源頭——希臘通常被認為是理性主義的，其實不盡然。古希臘人的哲學智慧來自兩個傳統，一個是發源於泰勒斯為代表的米利都學派的理性主義，一個發源於畢達哥拉斯為代表的意大利學派的神秘主義。希臘哲學脫胎於宗教神話世界觀，中經理性主義的邏輯進展，最終又歸回神秘主義。古希臘人，作為人類歷史上第一個自由的民族，率先以哲學的

方式、理性的方式探究宇宙的奧妙並反思人自身的命運，但經過一個圓圈運動，最後仍以神秘主義告終，這一點給人的啓迪是深刻的。

公元前六世紀以色雷斯發源，後傳播至雅典、西西里、南意大利等廣泛地域的奧爾菲神秘敎，是一股強大的民間宗敎運動，這一運動直接影響了古希臘第一個最具影響力的思想家畢達哥拉斯。奧爾菲派崇拜酒神狄奧尼索斯，將他作爲原始生命力的象徵，並且以狂熱的舞蹈與迷醉作爲人與神親近、溝通、合一的神秘主義中介和宗敎儀式的主要內容。這一點影響了古希臘美學與詩學中「迷狂說」的誕生。

畢達哥拉斯繼承了奧爾菲敎義，進而提出了更加系統、更加哲理化的神秘主義思想：即靈魂不朽、靈魂輪迴、靈魂淨化說。畢氏將與肉體相對立的精神性觀念——靈魂置於世界觀的首位，並且神秘主義地認爲靈魂可以在萬物中輪迴，而更重要的，人的靈魂可以通過淨化擺脫輪迴進而達致與天上的神靈快樂同遊，怡然同在，這一過程被稱爲「神化」。畢氏高度重

視天體、數理的和諧及神聖，重視音樂對人靈魂的淨化作用，他的名言是：

和諧是更高的實在。(注6)

通常人們認為古典時代美的定義是「和諧」，並且把這種和諧歸之於物體本身的勻稱工整等客觀特性，畢氏學派發明的「黃金分割律」表面上支持了這種強加於古希臘人美學上的觀點。實際上，和諧作為「更高的實在」是人與神合一的媒介，是人的「神化」過程的通道。因此，希臘式的古典和諧、那種「高貴的單純、靜穆的偉大」不可企及的藝術風範絕不是對客觀現實所作的粗鄙的模仿與複製的結果，而是神性之光（神祕之美）朗照下的古典理想主義與神祕主義的主觀創造。

這樣，我們就進入了希臘詩學的核心問題：是模仿？還是創造？

模仿說在亞里士多德之前雖然流行但並未佔據古希臘詩學的中心地位。誠然，對客體作寫實性的描摹確乎是人類藝術史的早期萌芽階

段的特點，但隨美學與藝術的發展，人類很快告別了粗鄙的寫實階段，向藝術的理想化、神秘化發展（這一過程被中國美學稱爲「由實入虛」或「虛化」。）

　　佔據希臘詩學的中心地位的美學觀念是創造論、靈感論與迷狂說。「詩」在希臘文中是「創造」的意思，「詩人」在希臘文中是「創造者」的意思，即詩不是對已有的客體所作的模仿，而是對原本沒有的東西憑空所作的創造（中國美學稱爲「無中生有」、「凌虛而作」）。

　　作爲古希臘美學與詩學的集大成者，柏拉圖準確地區分了「模仿的詩人」與「創造的詩人」二者之不同，並且把「模仿的詩人」排斥於他的「理想國」之外，並進而提出了著名的迷狂說與靈感說。柏拉圖認爲，模仿的詩人靠的是技藝，而技藝的特點在於其實用性、人爲性、模仿性，這種技藝只能製作有用的事物外形，而不是事物的本質或實體——理念或理式（ideal form）。「影像的製造者，就是我們所說的模仿者。只知道外形，並不知道實體。」

（注7）模仿的詩人是對影像的模仿，而影像又是
對萬物本質（理念）的模仿，這樣，模仿之詩
便是「模仿的模仿」，因而「與眞理隔三層」。
（注8）

　　柏拉圖的態度直指希臘藝術某些本質方面
的缺陷。希臘藝術可稱爲「匹克梅梁」態度，
即對事物的外形和感官方面作一味的沉溺而不
能自拔，這一點在希臘藝術的早期和典範作品
中由於神性之光（理想主義）與古典和諧的沖
淡與節制，因而並不明顯；然而在古希臘由盛
轉衰的柏拉圖時代，這種本質缺限便突出並演
化爲討好觀衆粗鄙需要，這一點在必需考慮演
出效果的希臘悲劇、喜劇中表現更加明顯，而
爲理想主義的柏拉圖所不齒。

　　柏拉圖提出了西方詩學史上第一個重要觀
念——「迷狂」：

　　　　凡是高明的詩人，無論在史詩或抒情
詩方面，並非憑技藝來做成他們的優美詩
歌，而是因爲他們得到靈感，有神力憑附

著。科里班特巫師們在舞蹈時，心理都受一種迷狂支配，抒情詩人們在做詩時也是如此。他們一旦受到音樂和韻節力量的支配，就感到酒神的狂歡，由於這種靈感的影響，他們正如酒神的女信徒們受酒神憑附，可以從河中汲取乳蜜，這是她們在神智清醒時所不能做到的事。抒情詩人的心靈也正像這樣，他們自己也說他們像釀蜜，飛到詩神的園裡，從流蜜的泉源處吸取精美，來釀成他們的詩歌。他們這番話是不錯的，因爲詩人是一種輕飄的、長著羽翼的、神明的東西，不得到靈感，不失去平常理智而陷入迷狂，就沒有能力創造，就不能做詩或代神說話。……優美的詩歌本質上不是人的而是神的，不是人的製作而是神的詔語；詩人只是神的代言人，由神憑附著。(注9)

柏拉圖對於詩的定義——詩是神的詔語；對於詩人的定義——詩人是神的代言人。柏拉

圖把詩的創造過程稱之爲「迷狂」，它源於神靈
憑附，它是神賜的靈感，而非人工的技藝，這
種「迷狂」與「靈感」正是詩得以誕生的本源
──神祕體驗。

　　柏拉圖進而把神比作磁石，把整個詩的體
驗過程比作一個鏈條，詩人首先得看「靈感」
（磁波），因而是最初一環，誦詩人是中間環，
聽衆是最後環，這樣，神的靈感不斷由詩人傳
給聽衆，「通過這些環，神驅遣人心朝神意要他
們走的那個方向走，使人們一個接著一個懸在
一起。」（注10）這樣，詩的迷狂憑神力造成，也
只能以神力去接受：「解說荷馬，不是憑技藝
知識，而是憑靈感或神靈憑附。」（注11）

　　柏拉圖以神祕體驗解釋詩從產生到接受的
全過程，一掃流俗的模仿論、技藝論，把詩提
高到神的境界去審視，從而把詩看作超越此在
而飛升向神界的審美直覺方式。詩不是別的，
是神的話語，換言之，是人對神的直覺。

　　與此相聯繫，柏拉圖進一步將「迷狂」界
定爲「對上界的美」的「回憶」：

……有這種迷狂的人，見到塵世的美就回憶起上界裡真正的美，因而恢復羽翼，而且新生羽翼，急於高飛遠舉，可是心有餘而力不足，像一個鳥兒一樣，昂首向高處凝望，把下界一切置之度外，因此被人指爲迷狂……每個人的靈魂，我前已說過，天然地曾經觀照過永恆眞實界，否則它就不會附到人體上來。……只有少數人還能保持回憶的本領。這些少數人每逢見到上界事物在下界的摹本，就驚喜不能自制，他們也不知其所以然，因爲沒有足夠的審辨力……一個人……當他凝視的時候，寒顫就經過自然的轉變，變成一種從未經驗過的高熱，渾身發汗。因爲他從眼睛接受到美的放射體。因它而發熱，他的羽翼也因它而受滋潤，感受到了熱力，羽翼在久經閉塞而不能生長之後又甦醒過來了；這種放射體陸續灌注營養品進來，羽管就漲大起來，從根向外生展，布滿了靈

魂胸脯……（注12）

柏拉圖以詩意的筆觸，描寫了他心目中這種神祕的美、彼岸的美，「上界裡眞正的美」，這種美使人的靈魂「生出羽翼」，向著上界「高飛遠舉」，因此，美是上界對下界塵世中人的靈魂的一種神性呼喚，呼喚人的靈魂超越此在，振翅飛向永恆天國。這樣，詩之迷狂，正是靈魂對過去在上界見到的極樂景象的回憶。「回憶到靈魂隨神周遊，憑高俯視我們凡人所認爲眞實存在的東西，舉頭望見永恆本體境界那時候所見到的一切。」（注13）那時，人們跟在天神宙斯的隊列中參加入敎盛典，目睹那靜穆高貴、光輝燦爛的美。「這種美首先是永恆的，不生不灰，不增不減。」（注14）

詩在柏拉圖那裡眞正成了審美超越的方式：「這種徹悟絕對美的生活方式高於一切，黃金、美服、美少年等等都不足道了。達到了絕對美，美就不再是影像而成爲眞實。這樣的人能孕育出眞正的美德，與神爲友達到不朽

……」(注15)

　　詩以超凡脫塵的神秘美和「靈感」、「迷狂」的神秘方式上升到神界，與神平起平坐，以神為友，從而超越自身達致不朽。柏拉圖由此開闢了西方神秘主義詩學的先河。

　　柏拉圖的詩學觀被古羅馬哲學家、新柏拉圖主義創始人普羅提諾繼承和發展，並進一步神秘主義化。

　　《九章集》描寫了那種富於詩意美的神秘體驗：

　　　　……這曾發生了許多次：擺脫了自己的身體而升入了自我之中；這時其他一切都成了身外之物而只潛心於我；於是我便窺見了一種神奇的美；這時我便愈加確定與最崇高的境界合為一體：體現最崇高的生命，與神明合而為一。(注16)

　　普羅提諾將美視為與人接觸、結識神的先導，這一點或許啟發了後來的德國古典美學和近代德國浪漫主義有關主客矛盾的審美解決的

理論：

> 　　至高無上者在其過程中是絕不能乘沒
> 有任何靈魂的車而前進的，甚至於也絕不
> 能直乘靈魂，它是以某種不可名狀的美為
> 其先導的。在偉大高貴、富王者氣象的行
> 列中，驀然出現了至高無上者，於是一切
> 人──除了那些只看到他來臨以前的景
> 象，便心滿意足地走開的人們而外──便
> 都匍匐下來向他歡呼。(注17)

　　搞清了古希臘、羅馬的詩學觀念，我們再來返觀古典時代的西方詩歌，我們便不會從「模仿」的角度來觀察、品味，作品的神祕意蘊盎然而出：

　　美麗的希臘神話構築了一個神祕的詩性空間，其中諸神的擬人化衝突總是以超自然的神意來加以解決，如果將神話作現實性功利性的理解，則神話的神祕之美便蕩然無存了。無論是月神狄安娜月下偷吻牧羊美少年恩底彌翁，還是那喀索斯迷戀自己的水中倒影投水而化為

水仙，或是奧爾菲斯從冥府接回歐狄律克，只因偶一回顧便永遠失去了自己的愛妻……這一切，都表現了希臘人那驚人美麗的詩性想像力，希臘人對詩與美的過人敏感，完美的生命情欲，以及希臘人難以言傳的神秘自戀情結。

希臘神話的最初記錄者是荷馬。史詩《伊利亞特》、《奧德奧》以希臘神話與傳說為素材，構築了一個極其生動優美的神話世界，而其所反映的英雄行為的成敗則最後歸結為神的意志，反映了古希臘人對神意的崇拜與信仰。

另一久負盛名的體裁是希臘的悲劇（戲劇詩），這種起源於酒神祭祀的戲劇詩著意刻畫了主宰、支配一切、不可抗拒、不可解釋、難以捉摸的「命運」之神秘力量，主人公無論如何也衝不出命運的桎梏（如《俄狄浦斯王》）。古希臘的戲劇正是從「命運」這一神秘力量，一切人事背後的神秘背景和神秘氛圍中獲得悲劇力量的，從而以詩的方式暗示了人類的悲劇性處境，這一點深刻地影響了二十世紀的文學。

　　古羅馬文學的神祕性表現在所有大詩人身上，盧克萊修、奧維德、賀拉斯、鮑修斯、馬可・奧勒留、維吉爾。

　　盧克萊修曾有一句詩，它概括了古羅馬的神祕主義和整個古典時代人類的神祕主義沉思：

　　「萬物束縛於同一命運的枷鎖。」（注18）

# 三、直面上帝：詩的終極關切 （中世紀詩學）

　　歐洲中世紀的美學與詩學是在基督教神學和猶太神祕主義的影響下成長起來的，它糾正了古希臘羅馬美學與詩學的某些重大缺陷，從而開啓了近代浪漫主義、神祕主義美學與詩學的先河。

　　古希臘人認爲宇宙是由神給定的物質材料組合排列而成的，即「有中生有」，中世紀基督教的「上帝創世說」則認爲，世界是由上帝從虛無中創造的，即「無中生有」，這種創造是在

時間之前，空間之外，是上帝心中自由想像的結果。

《聖經‧創世紀》中記載了上帝創世活動，用的是強而有力的詩的語言：

上帝說要有光，於是就有了光。(注19)

這句話如果從現實常識層面去理解是不可思議的：光怎麼能由一句話而產生出來呢？這句話強烈地暗示我們，上帝創世是一種超現實意義上的虛擬（虛構）的創造，即詩性的創造，這種創造只能在人的心靈裡、想像中才能發生。

上帝看到自己的創造物，內心深感喜悅，說：「這是好的（美的）」。(注20)

這裡，中世紀美學使自己與亞里士多德劃清了界限，美的創造不是對先前已有的東西的模仿、複製或重新整理安排，而是一種全新意義上的誕生，它不服從於任何先在的原則，只服從創造者自己的目的，是一種自由想像。這

一點與詩的創造十分相似。十五世紀末葉，神
學家克里斯托弗・蘭洛迪最早用上帝造物來比
喻詩人作詩，詩人創世與上帝創世具有同樣的
神祕力量，這一點直接啓發了近代浪漫主義對
詩的看法。

　　中世紀美學改造了希臘人關於「美在於物
體自身形式的和諧」的說法，認爲美不是物體
自身的屬性，而是上帝之光閃耀的結果，人要
想直觀到物體的美，並從這種美中追溯其根源
——上帝之美時，就需要一個主體的內在和諧
作爲感應外在和諧的基礎和條件。波拿文圖拉
有句名言：「只有在一種爲領會者領會的和諧
中才有美。」（注21）這幾乎等於說，審美經驗可
以不依賴客體而只依賴主體就能存在。受其影
響，中世紀詩歌擺脫了希臘羅馬詩歌那種拘泥
於史實敍述和戲劇寫實的傳統，注重主觀經
驗、情感與想像的抒發，以宗教神祕主義爲內
容的讚美詩的興盛開啓了歐洲浪漫主義抒情詩
的黃金時代的到來。

　　中世紀詩歌以抒寫人的神祕體驗爲基本內

容。這種神秘體驗描寫人與上帝在冥冥中的相
會與契合，人的心靈藉以獲得昇華感和超越
感，進入一種神秘的狂喜和寧靜有福的狀態。
這是人類神秘體驗的深化和人類詩歌體驗的高
潮。

　　理查德，羅勒在《火熱的情愛》中寫道：

　　　　我的思想構成了和諧優美的歌，我的
　　沉思則成了一首詩。……這種内心的甜蜜
　　效果，使我在開口說話之前就已經唱了起
　　來，這是用精神來吟誦，汹湧澎湃直瀉入
　　心靈的歌。這是一種完美的夢，但它不能
　　不適當地被詢問，而不管這問的人是否正
　　處在愛之中。如果一問，愛便失去了。(注
　　22)

　　比特麗克在《愛的七種方式》，描述了人得
到聖愛眷顧的七種方式：

　　　　……第七種是靈魂的有福狀態，愛者
　　似乎不是在體驗這愛的本身，因爲它已陷

於神性的不可言說之奧妙，所有力量，所有行為，都包括在這種奧妙的可能性之中了。(注23)

中世紀神祕主義文學把希臘人旺盛的生命情欲從自然威力的命運枷鎖下解放了出來，予以淨化，使之向精神性的領域昇華，從而為人的生命活動和心智活動打開了自由馳騁的空間。

與此相適應，中世紀詩歌也以神祕主義為基本形式，尤其注重虛構與象徵手法。聖奧古斯丁說：「一件藝術品的本身價值在於它所具有的那種特殊的虛構。」(注24)「藝術家倘若忠於自己，就必須虛構。」(注25) 聖‧托馬斯‧阿奎那認為，美以認識本身為滿足，無外在目的，因此在善之上，在善之外。他將詩與神學加以比較，認為凡通過事物本身進行象徵的，屬於神學；憑借文字進行象徵的，屬於詩。這樣，「象徵」被賦予了更加神祕的內涵即以可見的事物來象徵不可見的宇宙本體──上帝。這

樣，整個中世紀文學顯示了與古典時代希臘的
寫實風格不同的強烈神秘主義與浪漫主義色
彩。

　　佛蘭德斯神學家Johovan的一段話揭示了
中世紀文學的本質：

　　　　在人與上帝的聯繫中，一種滿足永遠
　　更新自身，一種對愛的感情橫溢，一種統
　　一，一種更新的擁抱。這些發生在時間之
　　外。就是說，沒有前後，只有一種永恆的
　　現時。因此，所有的創造物在此都超出了
　　它們自身，好比在他們那永恆的起源之
　　中，與上帝比肩而立。（注26）

　　中世紀基督教神秘主義的發展極大地提高
了人類詩歌的審美境界，它使人類詩歌掙脫了
時空、因果的束縛，起身飛入一個超時空、超
因果的自由廣闊的天地，從而賦予人類足以奈
何現實苦難的巨大的精神力量，這種在此前從
未出現的「文學對永恆的追求」深刻地影響了
西方文學的素質，使它具備了博大深沉、激揚

超越的品格。從此，歐洲詩歌找到了自己作品所要達到的審美極致——宗教境界，即以超時空、超現存、超人類的高度去俯看人間，從而使詩本身具有深廣偉大的不朽價值。

中世紀義大利詩人但丁的長詩《神曲》是中古時代歐洲最偉大的神祕主義詩篇。詩人通過對地獄、煉獄、天堂之界的夢遊，表達了對上帝的堅定信仰與皈依。其中尤富深意的是，但丁讓象徵理性的古羅馬詩人維吉爾引導自己遊歷地獄、煉獄。而讓象徵神祕信仰的貝阿特麗采引導自己最終進入天堂，得到聖潔美麗的永生。《神曲・天堂篇》對聖界所作的氣勢恢閎、境界開闊、辭章莊嚴華美的描寫，富於神祕的哲理和夢幻氣氛，給後世浪漫主義留下了深刻影響。

總之，詩的神祕性隨人類神祕體驗的深化而發展、演變，逐步達到人類體驗的高潮和詩審美極致。

詩者，超越之戀、無限之戀、永恆之戀。

# 四、神秘體驗：詩的審美存在
## 　　方式

　　世界由兩部分組成：現實與超現實，經驗世界與超驗世界，因果世界與價值世界，可見世界與不可見世界，已知世界與未知世界……因此，人的體驗也有兩種：現實體驗與神秘體驗。

　　神秘體驗的本質是人的心靈不滿足地從前一重世界（現實……已知）向後一重世界（超現實……未知）的延伸與窺探，它本能地意識到自己所處的微小的已知世界被更廣闊更深沉的未知宇宙所圍繞，並且深信：自己的有限存在只有與那價值生成的源泉——無限世界相合一才能獲得。神秘體驗是超功利、超理智、超語言的徹悟，其體驗的內容與方式也是神秘莫測的。

　　大致說來，人類的神秘體驗包括以下幾個內容與對象：

## (一)宇宙神祕

　　遠古人類對自己置身其中的宇宙時空充滿神祕感和好奇感，由於當時人類理智力尙處萌芽時期，古人便能盡情發揮他們天賦的想像力，以圖騰崇拜與宗教祭祀的方式表達他們對神祕宇宙的驚奇、敬畏、讚美、依賴之感。人類原初的神祕主義衝動和想像力便成爲詩的本質和無限活力的源泉。

## (二)生命神祕

　　遠古人類認爲萬物皆有生命，人作爲宇宙生命的一部分，須與萬物生命相溝通，才能保持自身的生命與活力。這種觀點，成爲神祕主義的最初形態——東方神祕主義（又稱直覺神祕主義）的本質特徵。

## (三)靈魂神祕

　　人類將驚奇的目光由外界引回自身，發現人具有其他生命所沒有的東西——靈魂，並且

認為靈魂是主宰生命的。這樣，由自然神秘向超自然神秘的階段發展，最終產生宗教與形而上學相結合的西方神秘主義。

（四）關係神秘

　　上述三者之間及其各自內部諸要素之間的關係，古人也採取神秘主義的看法。無論是宇宙萬物之間，有生命的東西與無生命的東西之間，有靈魂的人與無靈魂動植物之間，古人以神秘主義的觀點全肯定和探索這些本不具有的關係。或者把偶然性、較弱的關係強化為必然的、同質同構的關係，其中更有一派，從這些關係中又引伸出社會化倫理化審美化關係與結論，這就是以「君子比德」、「天地合德」傳統而著稱的中國神秘主義。

　　就神秘體驗的性質而言，神秘體驗首先是一種生命體驗，這種生命體驗不同於人的感官體驗和現實經驗，而是人對自身在宇宙中的命運的哲學體悟，對宇宙奧秘的一種瞬間直覺、頓悟和本質占有，這種體驗神秘、突然、不可

預期，但卻瞬間做亮了人的存在和萬物的本質，從而使一度疏離了的個體生命與宇宙本體生命息息相通，融滙爲一。

其次，神祕體驗又是一種宗教體驗，它將人的有限生命能力與無限欲望衝動，靈與肉的不可調合的衝突統一於人對此在的超越和對無限之存在——神明、上帝的皈依之中，從而使人的身心恢復平靜，並獲得一種平安有福的神祕喜樂狀態。

再次，神祕體驗還是一種審美體驗，宇宙無限神祕的存在，不僅引起人的好奇與敬畏，更引起人的驚羨和讚美，伴隨而來的，往往是人的生命力的激揚澎湃，或者是一種無言的嘆賞與凝神觀照，宇宙以其廣闊的規模向人展示的神祕之美，遙遠之美，難以言傳的奇妙之美，引起人類的無限神往與返思，從而使人超越功利性的有限存在，進入了人的本質力量與自由得到盡情發揮與實現的審美狀態之中。

神祕體驗與詩的關係可表述如下：

1.神祕體驗是詩的本源，詩產生的心理基

礎。面對一個神秘宇宙，遠古人類中秉賦天才、
具超人的神秘感受力與表述力的詩人，善於聆
聽萬物中蘊含的靈性並加以闡釋，以詩的方式
傳達了宇宙生命之朦朧啓示和模糊暗示，以詩
性之光照亮這些晦暗不明之物的意義，即非理
性和凡人所難以得到的天啓的意義，並將此意
義申說於衆人之前，從而表達了人類深不可測
的原初經驗、預感、想像與期待，從而看護了
人的生存與命運，並使這些生存與命運進入價
值存在（審美與自由）的方式。

　　2.神秘體驗是詩的基本內容和基本形式，
是詩的美學存在方式。一切文藝皆表達人的審
美感受，詩的特質在於它用神秘的方式加以表
達。

　　詩歌借以反映人類神秘體驗、宗教情感與
宗教實踐的唯一手段是語言。詩與語言同源同
質同構，同樣誕生於原初人類的神秘體驗和表
述這一體驗的神秘主義衝動中，原始語言的基
本特徵是隱喻和象徵，而這兩點也正是構成詩
的基本形式與基本手段，原初言語之詩或詩之

言語，其隱喻功能和象徵功能在於將內在同一而又表象不一的宇宙萬物，以詩的特性（亦即語言的、人本眞的特性）加以聯結，從而構築一個價值空間，使人類的心靈得到安頓，詩人正是在這個意義上才能被稱爲「創造者」（按照其希臘文的本來含義）。同時，更重要的，隱喻總是超出自身而指向另外的東西，詩之隱喻誘使人類也超出自身而趨赴更高的存在。深刻的神祕體驗總是引導人類把存在的東西當作喻體去意指那不存在的或無形的喻意；隱喻使宇宙的價值、生命的意義作爲動人的懸念、神祕的象徵而被人類精神所渴念、期望和追索，從而使詩具備聖潔的超越之感和神祕之感，它昭示著人的崇高使命與天性：在生命中尋找那高於生命的東西。

　　3.神祕體驗是詩歌鑒賞的審美基礎，詩的審美接受方式，是詩的最後歸宿。惠特曼有言：「偉大的詩歌有待於偉大的讀者去鑒賞。」（注27）一首神祕主義的詩歌是在與創造者同樣具備神祕體驗能力的讀者心目中發展、完成、並

產生效果的。

一首詩的完成必須訴諸讀者的神秘體驗。讀者沒有這種能力，則詩的神秘性形同虛設，神秘美蕩然無存。故而，在古典世界，詩人看作導師、先知、「神的代言人」，詩人充當人與神交流的中介，並肩負培養、召喚大眾與神交流的能力（即神秘體驗的能力）的重任；故而，古典時代的敍事詩、戲劇詩、哲理詩、抒情詩之所以能產生如此巨大的影響力，古典文學之所以能達到那種「高貴的單純、靜穆的偉大」藝術風範，端賴詩人與讀者在神秘體驗、神秘趣味與審美上的通力合作。

總之，神秘體驗是詩的產生（創作）、存在（作品的內容及語言形式）、發展完成（欣賞）的心理基礎、本源和中介。

神秘主義維繫了人類詩歌的命脈和水系，守護了古典詩歌的清純之源，使其免受理性主義與功利主義的污染，哺育了人類的心靈。

神秘主義詩歌與人類命運息息相關。

神秘主義是完美的宇宙詩篇。

## 注釋

注 1 ：朱維之：《外國文學史》(亞非部分)，南開大學版，
　　　　1982。

注 2 ：同上。

注 3 ：聞一多：《文學的歷史動向》。

注 4 ：朱維之：《希伯來文學》。

注 5 ：《五十奧義書‧由誰第二》，中國社科版，1988。

注 6 ：楊適：《哲學的童年》。

注 7 ：《西方文論選》上卷第35頁。上海譯文版，1986。

注 8 ：同上。

注 9 ：柏拉圖：〈伊安篇〉。

注 10：同上。

注 11：同上。

注 12：柏拉圖：〈斐德若篇〉。

注 13：楊適：《哲學的童年》。

注 14：同上。

注 15：同上。

注 16：普羅提諾：《九章集》。

注 17：同上。

注 18：盧克萊修：《物性論》。

注 19：《舊約・創世紀》。

注 20：同上。

注 21：孫津：《基督教美學》。

注 22：同上。

注 23：同上。

注 24：奧古斯丁：《懺悔錄》。

注 25：同上。

注 26：孫津：《基督教美學》。

注 27：惠特曼：《草葉集》序言。

# 第二章
# 秘意與神境：
# 中國古典詩的神祕主義

## 一、詩與神：中國詩的定義

中華民族爲世界奉獻了獨特而近乎完美的詩文化。這種文化，既不同於東方其他各民族的宗教玄想，更不同於西方各民族的理性思辨，而是注重人的感情的抒發並進而達至物我和諧、物我合一的審美境界，這種文化就其本性與特質而言，便是一種詩性文化。即以詩的方式把握世界的文化，在現代西方乃至整個現代世界物質繁榮的同時，人的精神生存與價值

生存出現危機，人賴以生存和發展的全球環境發生災難性毀壞的情況下，中國古代詩文化以其寧靜和諧典雅的美吸引著全世界，從而重新煥發出奪目的光輝。

　　第一個表達對詩的觀點和看法的中國人是傳說中的聖明之王──舜。《尚書·舜典》載舜的傳言：

　　　詩言志，歌詠言，聲依詠，律和聲；八音克諧，無相奪倫，神人以和。(注1)

　　「神」與「人」是中國人古代智慧和哲學思考的兩極：前者代表不依人力左右的無限存在，常常又被稱為「天」、「命」、「道」、「常」等；後者則是有限的生命個體。中國哲學與美學的最大特點即在於「神」與「人」在本質上是和諧的、統一的，並且彼此經常處於相互感應、溝通、互化、互為所用的關係之中，所謂「天人感應」便成為中國人的基本哲學世界觀，這一點貫穿在美學與詩學上，則是以「和」為美，並且把詩及其他一切藝術的最終目的和

本體效果歸之爲「神人以和」。

《國語・周語下》載州鳩云：

> 夫政象樂，樂從和，和從平。聲以和
> 樂，律以平聲。金石以動人，絲竹以行之，
> 詩以道之，歌以詠之……。物得其常曰樂
> 極……德音不愆，以合神人，神是以寧，
> 民是以聽。(注2)

從音樂之和到神人之和，中國人表達了一
種堅定的宇宙信念，即人性與自然萬物按其本
性而言是和諧的，而最高意義的美就在這種宇
宙和諧之中。

詩便是這種「神人之和」的表現。

按照法國人類學家列維・布留爾的看法，
原始思維的本質特徵在於遠古人類認爲，人的
生命與萬物的生命處於一種神秘的「互滲」關
係之中。(注3) 中國古代哲人的觀點正好反映了
這種原始思維的特點。

「詩言志」這一定義，即暗含了建基於天
人感應哲學基礎上的詩之神秘主義本源

——「心物感物」「心物交感」，即詩人的心靈
（主觀情志）與外物生命處於往還交流的神秘
互滲關係之中；其本體效果也是神秘主義的：
即以人的詩、樂、舞安撫冥冥中操縱人事的神
明，而達到「神人以和」的目的。

　　儒家是最早高揚詩的這種帶神秘色彩功能
幾近詩歌崇拜的一派。

　　孔子曰：「不學詩，無以言。」（注4）「興於
詩，立於禮，成於樂。」（注5）「詩，可以興，可
以觀，可以群，可以怨。邇之事父，遠之事君，
多識於鳥獸草木之名。」（注6）

　　孔子學說的根本在於「立人」，而人的啟
蒙、立志、修身、自我完善、達至人格美有賴
於詩。詩教化民眾、匡正民風與政治，順乎天
倫物理，使人與自然社會處於和諧之中，從而
與人共度人間盡善盡美的詩意生活，這正是詩
的本質與作用。孔子親自編纂《詩經》，並以之
從事教學和政治遊說活動，從而創立了中國特
有的「詩教」傳統，詩經孔子大力推舉被尊為
文學正宗，詩成為漢文化中最充分、最完美的

表現，漢文化中最優秀的因子都積澱在詩文裡，詩成爲中國人最基本的交際語言，彷彿我們的語言是特爲詩而產生的，是奉送給詩的天意饋贈。

　　春秋戰國時期，作爲孔子「詩教」之基礎的是孔子對「詩」與「興」的關係的論述。這裡，所謂「興」，朱熹注爲「感發志意」，即用詩的形象去陶冶、發展、完成人性，喚起個體向善的自覺，這一點與《詩經》「賦」「比」「興」中的「興」直接相通，都源於中國人對自然萬物的神祕看法，即認爲自然萬物裡都存在著回蕩於宇宙之中的生命活力，人性與物性是一樣的，人心與物相感應，便會引發（興）出美與善的感覺，從而感染人的本性，進而達到與社會和自然的和諧，達乎「仁」、「德」、「善」這是一種自然詩化或自然神祕主義的看法。

　　與儒家人本主義不同，中國道家學派創立的道家神祕主義將自然詩化進一步推至自然神化，從而提出了中國式的超自然的神祕主義的哲學。這一點深刻影響了中國以後的美學與詩

學。

　　老子云：

　　　道之爲物，惟恍惟惚。惚兮恍兮，其
　　中有象，恍兮惚兮，其中有物。窈兮冥兮，
　　其中有精。其精甚眞，其中有信。(注7)

　　老子對於宇宙本體（道）的描述，代表了
中國人原初的神秘體驗和神秘主義世界觀，其
中蘊含著甚深的美學內容和詩學內容。

　　莊子云：

　　　天地有大美而不言，四時有明法而不
　　議，萬物有成理而不說。聖人者，原天地
　　之美而達萬物之理，是故至人無爲，大聖
　　不作，觀於天地謂也。(注8)

　　　判天地之美，析萬物之理，察古人之
　　全，寡能備於天地之美，稱神明之容。(注
　　9)

　　莊子不僅指出了美與神秘的關係，並且以

詩一般的語言描述了「眞人」、「至人」、「神人」
那種具有超功利超利害的審美特性和人的本眞
自由與審美自由相結合的詩性品格與詩性姿
態，並最終提出了中國美學與詩學的最高境界
──「逍遙遊」境界，這種超自然的神祕主義詩
境使人與宇宙生命往復溝通，進而達至「身與
物化」、「神與物遊」、「萬物與我爲一」的物我
不分、物我同一的境界，這種境界還從自然神
祕主義向超自然的神祕主義飛升，人擺脫物累
情牽，進入無限廣闊的虛擬宇宙（烏何有之鄉）
去遨遊，進而得窺無限之美（大美），使人的有
限生存得到無限的本質與自由的實現。莊子的
詩化哲學，第一次把詩作爲人的本質生命的存
在方式，即以詩的、神祕主義的方式把握內在
世界與外在世界，從而達至在詩以外、神祕主
義以外無法實現的物我合一、神與物遊的境
界。細察莊子哲學的精神意蘊可以看出，在莊
子那裡，宇宙萬物都秉有詩的品格、詩的本性，
天地合成一首以神祕的生命本體（道）爲表徵、
人的出神入化與宇宙合一的神祕體驗爲形式的

詩篇。莊子的詩化哲學成為中國詩高超境界的最強大源泉，其本身更成為東方神秘主義的薈萃和瑰寶。

　　在進入對中國遠古詩歌中的神秘主義的具體探討以前，必須首先對中國漢字「神」與「詩」加以簡單釋義。

　　先秦文獻中論述「神」最集中的是起於殷周之際的中國神秘主義寶典——《易經》：

　　　通變之謂事，陰陽不測之謂神。

　　　神也者，妙萬物而為言者也。

　　　範圍天地之化而不過，曲成萬物而不遺，通乎晝夜之道而知，故神無方而易無體。

　　　子曰：「知變化之道者，其知神之所為乎？」

　　　陰陽合德而剛柔有體，以體天地之撰，以通神明之德。

　　子曰：「聖人立象以盡意，設卦以盡
情偽，系辭焉以盡其言，變而通之以盡利，
鼓之舞之以盡神」。

　　……近取諸身，遠取諸物，於是始作
八卦，以通神明之德，以類萬物之情。

　　夫易，聖人之所以極深而研幾也。唯
深也，故能通天下之志；唯幾也，故能成
天下之務；唯神也，故不疾而速，不行而
至。

　　……神而明之，存乎其人。(注10)

《易經》將「易」作爲宇宙本體，「易」一
字而有三義，簡易、變易、不易，故而將宇宙
本體描述爲以簡易爲表象，以變易爲實質，以
不易爲效果的自足系統，並且進而釋曰：「日
新之謂盛德，生生之謂易。」(注11)「易者，象
也。象也者，像也。」(注12)　這樣，「易」作爲
生生不息，變化不居的宇宙生命本體，托「象

」而表現，設「卦」以盡情，最後由「神」來「
明之」，落實於人。

這樣，我們就約略得窺中國神秘主義中
「神」之底蘊；神是天地萬物的精神、神髓，
它是宇宙眞理的最早得悉者和看護者，其本身
就是宇宙眞理，寓於萬物之中，它無方無體、
微妙莫測、不疾而速，不行而至，其效果則非
人工所能企及，而是無爲而爲之，且神力廣大，
無物不化；其詩學意味在於：它體萬物之妙，
發而爲言，偶露形跡，將不盡之意托之於有盡
之言、象、卦之中，以澄明自身，向人顯示出
來。總之，「神」是本體神秘，它以神秘主義方
式存在、運行、並且以神秘主義方式發揮作用。

儒論論神最精采的當推孟子：

> 可欲之謂善，有諸己之謂信，充實之
> 謂美，充實而有光輝之謂大，大而化之之
> 謂聖，聖而不可知之之謂神。(注13)

孟子把人格美分爲六個等級：善、信、美、
大、聖、神，層層遞進，這種區分豐富了儒家

美學與詩學,「充實之謂美」這一定義成為中國
詩的審美標準,影響深遠,尤其重要的,是孟
子在「美」之上又列了三個更高的等級:「大」、
「聖」、「神」,大者乃光輝崇高之美,聖者乃莊
重靜穆之美,神者即「不可知之」的神祕美,
它遠遠高出於優美、崇高、靜穆教化之人功,
而是美之形態的最高等級,是自聖而不自知、
大化流衍而又難以捕捉的本體神祕及神祕之
美。孟子的觀點神化了儒家樸素的自然神祕主
義,從孔子遠「鬼神」而敬之進而為對「神」
的讚美。

　　道家哲學對「神」多有論述與讚美,將之
視為宇宙本體「道」的蘊含與表徵,莊子更進
而提出一種「神人境界」,賦予一種理想中的詩
化人格,以神祕的色彩與風範。

　　這一切深刻影響了中國詩學的審美標準,
所謂「神品」成為中國詩的最高境界追求與審
美極致。

　　漢字「詩」源自「持」,故《文心雕龍‧明
詩篇》云:「詩者,持也;持人性情。」(注14)

《毛詩序》云：「詩者，持也。在於敦厚之教，
自持其心。諷刺之道，可以扶持邦家者也。」
（注15）中國人重詩的抒情功能，將詩的主觀情
志的抒發與整個社會的和諧安定聯繫起來，因
之又強調詩的教化功能。而詩的本質與效果又
與「神」、神秘主義相聯繫，詩又成爲人神溝通、
互爲感發的方式。《緯書・詩含神霧》：「詩者，
天地之心，君德之祖，百福之宗，萬物之戶也。
刻之玉版，藏之金府，集微揆著，上統元黃，
下序四始，羅列五際。」（注16）這眞是極言詩之
效果，典型地表現了中國人的詩歌崇拜。《春秋
說題釋》：「詩者，天文之精，星辰之度，人心
之操也。」（注17）《毛詩序》：「故正得失、動天
地、感鬼神，莫近於詩。」（注18）徐禎卿更有：
「詩者，所以宣元郁之思、光神妙之化者也。」
（注19）

　　這些有關對詩界定的論述表明，天地自有
詩心，而托情於詩人，發而爲詩。這樣，古人
對宇宙的神秘主義詩化理解和對詩的「萬物托
詩以言情」的宇宙作用的神秘理解相結合，使

詩的定義更趨神祕。

# 二、詩與興：神祕意蘊（詩經傳<br>　　統）

《詩經》作爲中國詩史上的第一部詩集，其神祕主義蘊含主要表現在它的基本方式——賦、比、興，尤其是「興」（包含了賦、比）的運用以及這種運用所賴以依循的人神以和、心物交感的自然神祕主義哲學觀念上。

聞一多在《神話與詩》中說：

　　……隱在六經中相當於《易》的「象」和《詩》的「興」（喻不用講是《詩》的「比」），預言必須有神祕性（天機不可洩漏），所以占卜家的語言中少不了象。《詩》——作爲社會詩、政治詩的雅和作爲風情詩的風，在各種性質的taboo的監視下，必須帶著僞裝，秘密活動。所以詩人的語言中，尤其不能沒有興。象與興實際都是隱有話不能

說的隱。所以《易》有《詩》的效果，《詩》
亦兼《易》的功能，而二者在形式上往往
不能分別。（注20）

　　聞氏以《易》說《詩》，深刻揭示了《詩》
就內容而言具有「預言」的神秘性，形式上則
具有「有話不明說」的「隱」的神秘手法。正
是這種特性，使《詩》在先秦時代便成爲政治、
外交場合的論辨依據和詞令，這種運用並非完
全「斷章取義地挪用」。（注21）

　　當代學者的研究成果表明，「興」是一種
「宗教觀念內容向藝術形式的積澱」，（注22）興
的歷史起源的第一步，是關於遠古人類自然物
象的超現實宗教觀念內容的產生。「原始人絲
毫不像我們那樣來感知……不管在他們的意識
中呈現出的是什麼客體，它必定包含著一些與
它分不開的神秘屬性；當原始人感知這個或那
個客體時，他是從來不把這些客體與這些神秘
屬性分開來的。」（注23）這樣，現實的自然物象
被賦予了超現實的宗教觀念的內容，此一過程

也稱爲「自然的神化」。這樣，客體物象與想像
中的觀念內容之間在人們心理上建立起某種固
定的習慣性聯想，從初民看來，從這些神祕物
象及其所包含的超出自身的神祕生命力開始，
借著它的宗敎神聖力量，不但可以痛快淋漓地
表達出主觀情懷，而且可以有力地籠罩並帶起
全詩。

　　「興」的第一階段是「原始興象」，《易》
象爲代表；第二階段即這種「原始興象」經歷
史積澱逐漸隱去了其宗敎觀念內容，而外化爲
規範化的詩歌藝術形式——即「興」，即藝術興
象的審美性被推向前台，凸顯出來，直接促成
了《詩》的特質與風格。

　　「興」作爲由「宗敎興象」向「審美興象」
過渡的歷史積澱的過程，表明詩歌藝術發展的
關鍵性的一步——興的產生，恰恰是在宗敎的
神祕光輝的照耀下邁出的。這樣，在後世看來
只是一種形式美而無內容意義的興，根源上卻
具有複雜深隱的想像內容與宗敎觀念的神聖含
義，從而使「興」在形式範疇之外又具有內涵

意義。

　　具體說來，興與神秘主義關係如下：

　　1.興的起步——自然物象的神化與宗教、神秘主義的把握世界的方式極其相似，宗教、神話，尤其是創世神話，與原始興象的方式，本質上都是對自然的神化，都是審美的、詩的。「古人在創造神話的時代，就生活在詩的氣氛裡。」（注24）

　　2.興的認知方式與宗教的認知方式十分相近：都是從具體的自然物象出發，但又不止於感性知覺，而同時產生複雜而神秘的聯想和想象、隱喻與象徵等。

　　3.興的效果在於引起「有餘不盡」的詩性意味，這一點與宗教崇拜對自然物象的神秘觀照亦相一致：即認為自然物象不止於自身而具有更高的想像的內容，這樣，審美觀照與宗教觀照本質相通。

　　4.興的思維方式與宗教方式相同：即感覺與體悟直接溝通而不經過概念、判斷、推理等邏輯形式，因而帶有直覺性、神秘性的特點，

並且在觀照中注入了強烈的感情成分。

　　5.興之觀照與神祕觀照的極致都以主客交融、心物相會爲本體追求，全希圖以物我不分、物我合一的方式與詩的審美本質或宗教觀照中的宇宙本質──神、上帝神祕地交合同一。

　　6.興（尤其是原始興象或中國人詩歌崇拜中對詩之興象作用的理解）與宗教作用相同，都認爲主觀可以神祕地干預客觀事物的進展，主客物我之間可以神祕地傳感與相互影響，從而達至巫術性質的「互滲」。

　　詩的唯一手段是語言，而語言與音符、色彩不同，它的非物質形態性，使詩歌藝術根本不可能直接訴諸人們的感官，而只能借形象而訴諸於人的想像，這一特點也正是語言藝術的特長。「興」通過寫外物喩情志，以景語寫情語的方式，使詩歌享有廣闊的自由和耐人尋味的特徵，從而具有「詩無達詁」的神祕之美。

　　　昔我往矣，楊柳依依；
　　　今我來思、雨雪霏霏。(注25)

蒹葭蒼蒼，白露爲霜；
所謂伊人，在水一方。
溯回從之，道阻且長。
溯游從之，宛在水中央。(注26)

在這千古嘆美的詩句中，我們感到一種難
以言喻的蘊藉、典雅、輕愁，一種透明的清澈
感、廣闊的遙遠之思、一往深情、隱約朦朧的
神秘美。《詩》開闢了中國抒情傳統的偉大之
源。

中國詩的產生過程大致可分三個階段：
一、物感（心物交感）；二、物游（神與物游）；
三、物化（物我合一）。

這樣，中國詩的蘊育過程是神秘的心物交
感（興），主客相融：創作過程是神秘的游心於
物、神與物游，完成過程和審美極致則是神秘
的物我不分、物我兩忘、物我合一，所謂莊生
夢蝶，不知己身爲人爲物也。

以上考察可以得知，中國古典詩的本源也

是神祕體驗，這種神祕體驗與西方重主觀體驗
不同，而是注重對客觀萬物中的神祕意蘊作靜
觀鑒賞，進而營造一個與之相融合的富於神祕
韻味的詩的境界。

# 三、詩與巫：神祕境界（楚辭傳統）

　　超然物化、融入自然，進而將主觀情志「自
失」於自然之中是中國詩歌的基本美學境界。
第一次嘗試將自然興發引向超自然的世界，從
而起身向另一度空間（純幻想世界）飛升、遨
遊的是中國第一個偉大詩人，也是世界詩史上
的第一個偉大詩人──戰國時期的楚國人屈
原。（注27）
　　屈原以他那「驚采絕艷、難與並能」（注28）
的神祕主義詩篇開啟了中國詩的另一偉大之源
──騷體騷風。從此中國詩傳統將《詩經》與
《楚辭》並稱，謂之風騷。屈原的作品，無論
是〈離騷〉中對神仙境界的嚮往與遨遊，還是

〈九歌〉中〈湘君〉、〈湘夫人〉、〈山鬼〉對神女、精靈鬼怪的神秘刻畫，還是〈天問〉對宇宙神秘所作的大膽質問與哲理思索，這一切把中國詩的神秘主義由詩經的沉潛深隱一變而爲直接描繪與抒寫。

　　彌漫在屈原辭賦中的，是一種濃厚、華麗的靈巫氣氛。這一點與楚國巫風盛行直接有關。有人懷疑屈原本人就是楚國的大巫師。(注29)〈離騷〉中的許多描寫加強了人們的這種猜測：

> 扈江離與辟芷兮，紉秋蘭以爲佩。
> 攬木根以結茝兮，貫薜荔之落蕊。
> 矯菌桂以紉蕙兮，索胡繩之纚纚。
> 制芰荷以爲衣兮，集芙蓉以爲裳。
> 高余冠之岌岌兮，長余佩之陸離。
> 佩繽紛其繁飾兮，芳菲菲其彌章。
> ……（注30）

　　整部〈離騷〉便被這種靈芝仙草所充斥。屈原在詩中自述自己不僅頭戴花草、身佩芳

菲，並且親手栽植奇花異卉，更重要的，屈原
以這些靈異的花木比喻自己志行的芳潔，從而
細膩地營造了一種不同於現實生活的充滿靈異
氣氛的花團錦簇的空間。據說當時楚國的巫師
便是以這種戴草佩花的裝束（與屈原詩中自述
酷肖）進行巫術活動的。屈原更將祖國的命運
與個人的命運問之於巫師「靈氛」、「巫咸」，求
取解答與安慰，更表現了屈原濃重的神祕主義
傾向。

　　在〈離騷〉中，第一次出現了中國詩此前
少有的「神祕境界」，詩人的心靈憑想像的翅膀
振翅奮飛，進入了超現實、超自然的另一重理
想空間：

　　　　駟玉虯以駕鷖兮，溘埃風余上征。
　　　　朝發軔於蒼梧兮，夕余至乎懸圃。
　　　　欲少留此靈瑣兮，日忽忽其將暮。
　　　　吾令羲和彌節兮，望崦嵫而勿迫。
　　　　路漫漫其修遠兮，吾將上下而求索。
　　　　飲余馬於咸池兮，總余轡乎扶桑。

折若木以拂日兮，聊逍遙以相羊。

前望舒使先驅兮，後飛廉使奔屬。

鸞皇爲余先戒兮，雷師告以未具。

吾令鳳鳥飛騰兮，繼之以日夜，

飄風屯其相離兮，帥雲霓而未御。

紛總總其離合兮，斑陸離其上下。

……（注31）

　　這一境界打開了中國詩的幻想空間，使執著於現實的中國詩獲得了一種超現實的神秘之美，這一境界後來以「遊仙詩」的方式和「神仙境界」的追求給後代詩人以深刻的影響。

　　中國詩由此打開了另一重天地。

　　然而，高度完美的詩境界與極度黑暗的現實之間不可調和的矛盾與衝突是中國詩學的首要命題。在這一命題面前，屈原與西方詩人不同，沒有從現實的層次牢固地上升到超現實的宗教層次，而是在短暫「神遊」之後重返人間，表現了中國文化特有的對現實的執著，而又沒有奈何現實苦難的精神手段（進入仙界往往是

由於現實逼迫的權宜之計而非自覺追求），這
樣，悲劇便發生了。

　　屈原以自殺宣告了中國文化中潛伏著的難
以解決的巨大危機。這一危機貫穿中國文化始
終：即如何在理想與現實、詩與人生之間建立
起眞實而非自欺，牢固而非脆弱的超越方式。

　　屈原的命運反映了詩在中國的命運。

# 四、詩與玄：神祕韻味（魏晉詩　　學）

　　繼屈原之後中國另一個大詩人——魏晉時
代的陶淵明，以空前絕後的奮然超脫之勇氣，
全面棄絕中國社會與現實生活，徹底遁入大自
然的懷抱，寫下了千古嘆美的詩篇。

　　或許，陶淵明的田園詩代表了東方神祕主
義更本質的特徵：即不對超自然的神祕境界作
苦苦的追索，而是對蘊含於大自然中的無限奧
祕作靜美的觀照。從而達致物我交溶、物我合
一的審美狀態。

　　結廬在人境，而無車馬喧。問君何能
爾，心遠地自偏。採菊東籬下，悠然見南
山。山氣日夕佳，飛鳥相與還。此中有眞
意，欲辯已忘言。(注32)

　　這裡，神秘蘊含深沉而豐厚，神秘境界悠
妙而高遠，一種天然淡泊，出乎本眞的神秘韻
味盎然而出。

　　眞接繼承屈原嚮往超自然境界的，是魏晉
時代的另一個著名詩人阮籍。

　　請看阮籍〈清思賦〉中對神人交合的神秘
主義的描寫，一種飄渺的神秘感和神秘美充斥
全篇：

　　　……召大幽之玉女兮，接上王之美
人。體雲氣之逈暢兮，服太清之淑貞。合
歡情而微授兮，先艷溢其若神。華姿燁以
俱發兮，彩色煥其並振；傾玄鬢而垂鬢
兮，曜紅顏而自新。時暖逮而將逝兮，風
飄搖而振衣；雲氣解而霧離兮，霭奔散而

永歸。心惝惘而遙思兮，眇回目而弗晞。
……（注33）

詩著意刻畫幽玄的哲思與玄妙的韻味始於
魏晉。魏晉玄學的興盛標誌著我國神祕主義哲
學由直觀描述向理論思辯的系統研究前進，其
有無、言意、名實之辯等給中國古代文學理論
對文學的本質與形式的認識以極其深刻而玄妙
的影響。

陸機〈文賦〉細膩而優美地描寫了詩人的
神祕體驗和詩的神祕境界：

　　……收百世之闕文，采千載之遺韻，
謝朝華於已披，啟夕秀於未振，觀古今於
須臾，撫四海於一瞬。……澄心以凝思，
眇衆慮而爲言，籠天地於形內，挫萬物於
筆端。……課虛無以責有，叩寂寞而求音，
函綿邈於尺素，吐滂沛乎寸心。……（注34）

劉勰《文心雕龍・神思》第一次將神祕主
義文學觀理論化：

文之思也，其神遠矣。故寂然凝慮，思接千載；悄焉動容，視通萬里；吟詠之間，吐納珠玉之聲；眉睫之前，卷舒風雲之色。……故思理爲妙，神與物遊。……（注35）

中國古代第一部詩論──鍾嶸的《詩品》以神秘的「氣」的作用來說明詩的起源、特點、作用，來說明詩的本質與品味：

氣之動物，物之感人，故搖蕩性情，形諸舞詠。照燭三才，暉麗萬有。靈祇待之以致饗，幽微借之以昭告；動天地，感鬼神，莫近於詩。（注36）

這裡，詩被看作對「靈祇」的「致饗」，宇宙渾然之奧秘（「幽微」）的啟明。

# 五、詩與禪：神秘美感（唐宋明清詩學）

　　中國詩歌在唐朝達到了世界古典時代的頂峰，唐詩以它完美的形象屹立於世界古代詩歌的最高峰，它所樹立的典雅高潔、空靈悠妙的藝術境界一直到今天仍然光彩照人，不可企及。

　　如果說由詩經發端的心物交感的自然神秘主義與由楚辭發端的神人交合的超自然神秘主義是中國詩歌發展的兩條神秘主源的話，那麼唐代燦若群星的眾詩人則更受佛教尤其是禪宗的深刻影響以禪喻詩，成為當時普遍的美學標準和審美境界追求，反映了唐朝儒道佛合流的哲學趨勢和美學趨勢。

　　李白是道家神秘主義詩學的傳人，他的詩從「神仙境界」獲得了奇光異彩的飛動飄逸之美。杜甫則堅執儒家理想主義與詩經傳統，但他的詩有時也流露出一種壯闊深沉的神秘蘊含

與雅淡含蓄的神秘美。

　　　　星垂平野闊，月湧大江流。(注37)
　　　　野色更無山隔斷，天光直與水相通。
　　(注38)

　　王維則是佛家神秘主義的詩人，他的詩代表了一種更空靈的境界：

　　松風吹解帶，山月照彈琴。
　　君問窮通理，漁歌入浦深。(注39)

　　這裡，詩人以主觀隱去的純粹靜觀和超功利、超理性的純粹審美觀照鑒賞這大自然的無人之境，一任自然萬物保持自身的姿態，其中生命不息流動，萬物不停演化變遷，但詩人不置身於其間，整個詩意空間沒有一絲繚亂與喧囂，那不可言傳的神秘之美就在這意味深長的寂靜與生命運行中盎然而出。這是禪的妙悟天機。

　　禪是東方美的極致。中國詩的特有的宇宙觀念──心物之神秘交感、互滲與融會變成「萬

物的自行演出」，(注40)　禪悟穿這一切現象、因
果、語言之塵埃而直逼生命的本質和那不可言
喻的神祕之美。用現代語言詩學論：中國詩特
有的美學觀念──喻指（所指）與喻體（能指
）之間的某種遊離關係（若即若離）一變而爲喻
指（所指）盡皆隱去，只留下完美的、近乎天
然的喻體（能指）疊築的詩意空間，這無人之
境中回蕩著生生不息的宇宙活力、奧妙的徹悟
與不盡的回味。(正是這一點啓發了美國意象派)
、禪境成爲唐詩最具神祕美感的境界，被世界
各國尊爲「高品」。

　　也正是在唐朝，中國第一部神祕主義詩學
《二十四詩品》誕生了。司空圖論詩的特點即
不僅論述了詩的神祕意蘊與境界，其詩論本身
也採用了詩的形式，從而超然於理性言說而逼
近詩特有的質素與氛圍。《二十四詩品》對詩的
本質及種種風格、境界、意蘊作了神祕主義的
描繪與概括。「超以象外，得其環中」是《二十
四詩品》對詩境界的總體要求，這種要求被稱
爲「東方美學的獨特追求」，即詩的審美不停留

於對客觀物象的描摹、觀照和鑒賞，而要超出
物象本身以外，去體悟萬物中的神秘蘊含、神
秘的「宇宙之道」的「環中」，從而達至「有餘
不盡」的神秘境界。

　　司空圖把二十四種詩的風格來源、意蘊、
表現特性及境界（審美極致）全歸之爲神秘主
義的不可捉摸，如「沖淡」條：「素處以默，
妙機其微。飲之太和，獨鶴與飛。……遇之匪
深，即之愈希。脫有形似，握手已違。」；如「沉
著」條：「如有佳語，大河前橫。」；「含蓄」
條：「不著一字，盡得風流。……是有眞宰，
與之沉浮。」；「豪放」條：「眞力彌滿，萬象
在旁。」；「縝密」條：「是有眞跡，如不可知。」；
「委曲」條：「似往已迴，如幽非藏。」；「實
境」條：「情性所至，妙不自尋。遇之自天，
泠然希音。」；「超詣」條：「遠行若至，臨之
已非。」；「流動」條：「超超神明，返返冥無。
來往千載，是之謂乎。」（注41）

　　宋代嚴羽繼承了司空圖的詩論傳統，直接
以禪喩詩，將詩的本質確定爲「妙悟」，進一步

把詩與神祕體驗聯繫起來，並且提出了「不涉
埋路，不落言詮」、「如空中之音、相中之色、
水中之月、鏡中之象，言有盡而意無窮」「羚羊
掛角，無跡可求」的詩的神祕意蘊與境界。嚴
羽曰：「詩之極致有一，曰入神。詩而入神，
至矣，盡矣，蔑以加矣。」這樣，詩與神祕主
義的本體聯繫便牢固地確立起來了，成爲中國
歷代詩論家和讀者鑒賞詩的標準。(注42) 明清
之際的王士禎更將詩的本質定義爲「神韻」，至
此，中國神祕主義詩學始告完成。

　　現代學者錢鍾書在中西詩學比較的基礎上
將詩與神祕並稱：

　　　　詩者，神之事，非心之事，故落筆神
　　來之際，有我在而無我執，皮毛落盡，洞
　　見眞實，與學道者寂而有感。感而遂通之
　　境界無以異。神祕詩秘，其揆一也。藝之
　　極致，必歸道原，上訴眞宰，而與造物者
　　遊；聲詩也而通於宗教矣。(注43)

　　中國古典詩的輝煌成就，正是詩與神祕主

義結合的成果，其包含悠遠的神秘意蘊和高妙
的神秘境界代表了古典美的極致。

# 六、妙悟神韻：中國古典詩的
## 　　　神秘美

　　閱讀中國古典詩詞，彷彿是享用一席語言
的盛宴，整個日常生活的鄙俗與醜惡被排除在
外，中國詩用精心挑選的美麗辭彙、精美的意
象和悠遠的意境使中國人的心靈與嚮往獲得寄
托，並從而超越日常世界而進入詩的神秘完美
國度。

　　中國詩以神秘意蘊和神秘境界獲得自己對
現實的獨特的超越方式，從而爲世界詩歌的神
秘主義寶藏作出了傑出的貢獻。

　　具體說來，中國詩對世界神秘主義詩文化
的貢獻有以下幾點：

　　1.中國詩的本質是「意境」的生成，這種
「意境」由含無限深意的神秘意蘊（秘意）與
悠妙高遠的神秘境界（神境）兩部分組成，其

宗旨在於「於天地之外，別構一種靈奇」、(注44)
「靈想之所獨闢，總非人間所有」，(注45) 即不
粘滯於現實矛盾，而是從中超然而出，進入詩
人創造的另一度想像空間與心理空間。

　　2.中國詩所表現的是主觀的生命情調與客
觀的自然景象的交融互滲，即心物交感、神與
物遊、身與物化的審美自失境界，從而與西詩
重主觀體驗，高揚自我不同，中國詩重個體與
宇宙的合一，呈靜態美；西方詩重個體經驗的
狂熱，呈動態美。

　　3.中國詩境的根基是東方神祕主義主客交
融的哲學傳統，中國詩人將個體生命與宇宙生
命作同樣的尊重與體認，並將宇宙的詩化、自
然的神化作爲自己詩歌創作的根本源泉，這一
點與西方主客對立、主觀向客觀作無窮追索並
馳情入幻，對客觀萬象作超驗主義的宗教狂想
迥然有別。

　　4.中國詩境的生成經歷了由「寫實」到「傳
神」直到「妙悟」之境的層層遞進，宗白華先
生將此過程稱爲「直視感相的摹寫」、「活躍生

命的傳遞」、「最高靈境的啓示」三個層次，並將「最高靈境」作爲中國詩的本體追求與審美極致，將此境比作「在拈花微笑裡領悟色相中微妙至深的禪境。」（注46）這種靈境。禪境，有時又稱「神境」、「異境」，是超脫人間現實之外的神秘忘我境界，進而表達人心中最深的不可名狀的幽思。

5.中國詩境著意創造一種空靈澹蕩的美，朦朧幽渺的美，精微雋永的美，飄忽玄妙的美，一言以蔽之，是一種源於人的神秘體驗，飽含神秘意蘊與悠妙界的神秘美，這種美與感性生命與現實諸相的官能美、濃型美、明晰美、市俗美判然有別。

6.中國詩境要求詩人高度的人格修養與精神涵養，要求詩人摒息俗念、遠離俗務，泊然無染，忘懷萬慮，與碧虛寥廓同其流，從而在靜穆的觀照中與宇宙詩心進行深刻的溝通，進而與大化流衍的宇宙生命氣息與節奏相協調，從而獲得生動的氣韻、活躍的靈氣、飛動的舞姿與有餘不盡的韻味。

7.中國詩的神秘之境是將一己煩惱溶入適意物心之中。從而去除焦慮與悲憤，失落自身於造化的核心，沉入深不可測的玄冥之境，又從宇宙浩然的神秘感與詩的神秘體驗中悠然升起，澈悟人生、涵括天地，「窮元妙於意表，合神變乎天機」，（注47）「萬物浸在光被四表的神的愛中，寧靜而深沉。深，像在一和平的夢中，給予觀者的感受是一澈透靈魂的安慰和惺惺的微妙的領悟。」（注48）

8.中國詩的境界是從有限中見到無限，又於無限中回歸有限，其意趣不是一去不返，而是回旋往復的。與西詩壯闊的空間感和空間作無窮的探索與冒險從而一去不返不同，中國詩富深沉悠遠的時間感，它將一切空間呈主體的局限與客體的廣大不馴之間的矛盾作時間化的調合，所謂「空間時間化」，即深信外在世界必將為時間大化所遷進，從而獲得平靜、安詳，盡管也蘊含了淡淡的時間的哀愁。而西方詩由於對外在空間的狂熱追求往往落入失敗和虛無，從而使生命籠罩在濃重的悲劇感中。中國

詩的基本情調則是寧靜的徹悟與不盡的輕愁。

　　9.中國詩在實境之上獨標「虛境」，此「虛」不是西方哲學的空虛與虛無，而是萬物的本源、生生不息的宇宙活力源泉，是宇宙靈氣往來，生命流動之處，正是這種虛境使詩與現實人生的俗氣相隔離，從而進入光明瑩徹、玉潔冰清的完美如童話的世界，所謂「素月分暉，明河共影，表裡俱澄澈。悠悠心會，妙處難與君說，」（注49）具有哲學底蘊（妙悟）和柔美丰姿（神韻）的古典詩，成為現代人滋養心靈的精神源泉。

　　10.中華民族是最務實的民族，中國詩歌是最玄虛的詩歌，這二者的反差反映了中國詩與現實之間的尖銳衝突與不可調合的矛盾。中國詩人正是斷絕了現實追求和現實欲望滿足的一切可能後，才遁入那典雅華美的詩的語言世界的。因而中國詩的神秘況味帶有明顯的出世性、超脫感，而與西方詩對現實苦難的執著有本質區別。這一點，潛伏著中國詩在現代的困境。

　　考察中國詩歌中所蘊含的神祕性是較爲困難的工作。首先，中國遠古時代最富宗教熱忱的殷商社會的文獻大多沒有流傳下來，中國古詩在第一個發展完備的宗教社會──商朝的神祕主義開端，至今已泯不可考；其次，中國古代文化中詩歌傳統與政治敎化傳統相結合，孔子「不語怪力亂神」（注50）和「思無邪」（注51）的說法被錯解，民間神祕主義又往往流於荒謬不經，這樣導源於《易經》，光大於儒道釋三家思想的中國神祕主義經常遭到扭曲；再次，中國古代文化長期被「定爲一尊」的封建宗法主義倫理主義的政治文化氛圍所包圍和改造，故而先民原初的主義衝動、古代文化中的神祕主義蘊含、依其詩歌本性必然要向神祕主義發展的努力常常被局限、阻撓和歪曲，其發展的許多成果至今湮沒無聞。「理性的東西與神祕的東西之互相對立，貫穿著全部的歷史。」（注52）這種對立在中國，由於其特有的社會條件和文化條件，往往是以帶濃厚功利主義色彩的理性主義對神祕主義的壓制而告終，細致說來，理

性主義與神秘主義在中國古代和近現代都沒有
得到純正的發展，前者往往倒向實用主義，缺
乏西方形而上學那種勇敢的懷疑精神和嚴肅的
批判精神；後者則往往流爲封建迷信或江湖騙
術，在中國人心目中留下了壞名聲和難以根除
的成見。

　　神秘主義是被埋沒的鮮花。

## 注釋

注 1：《尚書・舜典》。

注 2：《國語・周語下》。

注 3：列維・布留爾：《原始思維》，商務印書館，1984。

注 4：見《論語》。

注 5：同上。

注 6：同上。

注 7：老子：《道德經》第二十一章。

注 8：《莊子・知北游》。

注 9：《莊子・天下》。

注 10：《易經》，見《中國美學史》第285～316頁。

注 11：同上。

注 12：同上。

注 13：《孟子・盡心下》

注 14：劉勰：《文心雕龍・明詩》。

注 15：《毛詩序》，見《中國美學史》第572頁。

注 16：轉引自《中國詩學大綱》（楊鴻烈）

注 17：同上。

注 18：同上。

注 19：同上。

注 20：聞一多：《神話與詩》。

注 21：參見《中國美學史》第一卷。

注 22：趙沛霖：《興的源起》，中國社科版，1988。

注 23：列維・布留爾：《原始思維》。

注 24：黑格爾：《美學》第二卷第18頁。

注 25：《詩經・采薇》。

注 26：《詩經・蒹葭》。

注 27：羅素：《西方哲學史》，商務印書館，1988。

注 28：劉勰：《文心雕龍・辨騷》。

注 29：肖兵：《楚辭文化》。

注 30：屈原：〈離騷〉。

注 31：同上。

注 32：陶潛：〈飲酒詩〉。

注 33：阮籍：〈清思賦〉。

注 34：陸機：〈文賦〉。

注 35：劉勰：《文心雕龍・神思》。

注 36：鍾嶸：《詩品》。

注 37：杜甫詩句，見《杜工部集》。

注 38：同上。

注 39：王維詩句，見《王右丞集》。

注 40：今道友信：《東方美學的現代意義》。

注 41：司空圖：《二十四詩品》。

注 42：嚴羽：《滄浪詩話》。

注 43：錢鍾書：《談藝錄》第八八。

注 44：方士庶：《天慵庵隨筆》。

注 45：惲南田：《題潔庵圖》。

注 46：宗白華：《美學散步》第64頁。

注 47：張彥遠語。

注 48：宗白華：《藝境》。

注 49：張孝祥：《念奴嬌·過洞庭》。

注 50：見《論語》。「子不語怪力、亂神」指孔子不談周禮
　　　以外的民間祭祀的神，絕非對神閉口不談。

注 51：同上。

注 52：羅素：《西方哲學史》第二章。

# 第三章
# 現代神秘主義
# 與西方現代詩

## 一、浪漫主義：創立一種詩歌宗教

　　歐洲是從十四到十七世紀初的文藝復興運動開始進入近代的。1453年東羅馬帝國首都拜占庭被土耳其人占領，大批希臘學者逃到義大利，從而在整個西方世界面前展現了令人驚嘆的古希臘學術與文學藝術，歐洲人文主義者便擎起了「回到希臘去」的旗幟，西方開始了近代化的過程。

　　文藝復興時期歐洲文學的基本傾向是由中

世紀的神祕傾向向近代的世俗化傾向轉變，這一轉變的標誌是文學新體裁——小說的興起與風行一時，薄伽丘的《十日談》以色情和幽默的市俗化筆調表達了最初的資產階級階層——工商市民的生活觀和趣味，這種較為庸俗但卻極受歡迎的散文風格給歐洲近代作家很深的影響，具有神祕主義傾向的詩人彼特拉克、塔索等相比之下卻不大受市民階層的歡迎。散文化的勃興與世俗化過程齊頭並進，塞萬提斯的《唐吉訶德》、拉伯雷的《巨人傳》、莎士比亞的戲劇——都表現了文藝復興時期理性主義和科學探索的精神以及人性掙脫神性前提的企圖。

　　文藝復興時期世俗化的文學潮流發展到十七世紀便受到了一定程度的反撥，隨著葡萄牙、牙班牙等國航海業的發達，中國精雕細琢的工藝品傳入歐洲，驚呆了的西方人脫口叫出「——巴洛克！」(葡萄牙語：太奇妙了！)這種「中國風味」以其獨特的典雅脫俗的氣質糾正了文藝復興時期文學的世俗化傾向，巴洛克

風格的文學開始流行。其中以義大利的馬里諾派、西班牙的貢哥拉派、英國的玄學派爲代表，這些十七世紀的詩歌恢復了詩的神秘主義傳統，以華麗雕琢的語言和宗教神秘情緒相結合，直接影響了十九世紀唯美主義、象徵主義運動和二十世紀現代主義運動：馬里諾派影響了義大利未來主義，貢哥拉派影響了此後的整個西班牙語文學（包括拉美文學），玄學派則影響了Ｔ・Ｓ・艾略特。十七世紀最傑出的詩人彌爾頓則以他雄渾宏偉的神秘主義巨制《失樂園》、《復樂園》、《鬥士參孫》表達了人神互濟、共創天國的神話理想主義與浪漫主義。

　　十八世紀啓蒙運動的發展使文學的世俗化傾向進一步加劇。笛福、斯威夫特、菲爾丁的現實主義小說；狄德羅、萊辛的市民劇；孟德斯鳩、伏爾泰的新體小說（書信體、對話體、抒情體、教育體小說等）的興盛，這一切使得理性主義、功利主義的文學思潮呈氾濫之勢。法國當代哲學家米歇爾・傅柯在〈文學與喪失魔力的世界〉一文中寫道：

　　一切文化無不源於人同世界的某種宗
教關係，產生於可見物和不可見物的某種
平衡配置。……在整個十八世紀的過程
中，恰恰出現了「不可見王國的枯竭」。

他最後深刻地，精闢地結論說：

　　上帝遠離世界，於是有了文學。(注1)

　　這一結論正是對文學史和文學本質的恰當
概括。在遠古和中古，文學總是寄寓於宗教儀
式和頌神歌舞之中，遊吟的詩人被看作「神的
代言人」；而具有近代獨立意義的「文學」概念
是文藝復興以後科學主義與理性主義思潮的產
物，哥白尼、伽利略、笛卡兒、牛頓的物理學
說向人們描述了一個依靠科學實驗所觀察到的
世界，在這個「新的宇宙」中，科學規律是盲
目地操縱萬物的唯一力量，那是一個沒有中心
的世界，在此世界中，沒有上帝或諸神的地位，
也沒有人的想像和靈性的地位。(上帝與諸神，
靈性與幻想，二位原為一體。) 世俗化的另一

條件是印刷術的傳入，書面文學的普及，世界再也不是如《聖經》所描述的神言與人言，語言不再是神或人的創構活動，而是人在神悄然隱去時對盲目的自然規律的觀察、描述與注釋，遊吟的詩人身上神聖的光輝黯然消退，一變而為大衆閱讀模式威逼下近代作家討好式的寫作。閱讀編造的文字代替了冥想，刺激代替了敬畏與神秘，這樣，世界離開神而茫然地自在，人離開神而茫然地自為，近代獨立意義的「文學」便成為人在神離去以後代為自我安慰的工具。近代世俗化的過程從根本上已拆除了詩得以存在、發展、人類心靈可以安身立命、獲得蔭蔽的根基。

然而，「哪裡有沉淪，哪裡便有拯救。」（注2）就在十八世紀世俗化汪洋中，威廉・布萊克的神秘主義詩之孤島有著迥異乎流俗的光風霽月。這一片神秘的風光甚至開啓了當代神秘主義詩人阿蘭・金斯堡的靈感閘門；而羅伯特・彭斯從他那神秘牧歌深處所吟出的樂段竟撥響了現代愛爾蘭神秘主義詩人勃特勒・葉慈的心

弦，（注3）而在十八世紀的末尾，1790年，德國
最偉大的哲學家康德的《判斷力批判》出版，
標誌著一個反近代理性主義的美學和詩學高潮
的到來。

　　十九世紀的浪漫主義首先在富宗教感情和
形而上學玄思的日耳曼民族發軔。浪漫主義產
生的條件有三：一、歐洲近代化世俗化進程（資
本主義化進程）日益暴露出「人在神性蔽護失
去後難以應付鄙俗現實」這一重大人類課題；
二、德國古典哲學與近代美學的發展；三、天
才的早期德國浪漫派詩哲的創作與研究成果。

　　康德的《判斷力批判》在美學史上具有劃
時代的意義，它的巨大的歷史功績在於：將審
美愉悅規定為「無利害的愉悅」，從而使美與功
利主義劃清了界限；強調審美判斷的不可取代
性，特別是與科學判斷和道德判斷的對立，從
而使美與理性主義劃清了界限；確立審美判斷
的自律性，天才和想像力受到重新強調與推
崇；最後，康德將審美體驗視為溝通現象世界
與神祕世界（「物自體」）之間的絕對中介、從

而使審美體驗由經驗域向超驗域飛升。

傑出的美學家和詩人席勒繼承和發展了康德的美學觀點，並將之運用於詩歌研究領域。在《美育書簡》中，席勒將審美自由視爲人由物質世界向道德世界飛躍的橋樑；〈論崇高〉則探討了詩由秀美向尊嚴、崇高、神性發展的超驗趨向；〈素樸的詩與感傷的詩〉則深刻而精闢地提出了將有限的表達（素樸）與無限的追求（感傷）相結合的詩之理想，應當說，這一理想在當代詩歌中，仍可作爲追求的目標，近代美學與詩學觀念至此奠定了穩固的超驗基礎，徹底打破了亞里斯多德關於詩的本質在於模仿自然的說法，開啓了現代詩發展的廣闊道路。

除康德、席勒之外，哲學家費希特、謝林、施萊爾馬赫等人對美、詩的論述與上述二氏共同構成了德國浪漫主義詩的哲學基礎。費希特在《人的使命》中富於眞知灼見地寫道：「只有具有宗教感的眼睛才深入了解眞正美的王國。」（注4）謝林則將美定義爲宇宙先驗本質的

外溢：「在藝術那裡，美的特殊事物從普遍、
絕對的美中流溢出來。」（注5）施萊爾馬赫是眞
正對宗教的本質作了透徹的研究與闡述的哲學
家。他的《宗教演講錄》、《獨白》、《講道集》
分別出版於1799年、1800年。他的宗教哲學對
整個十九世紀和二十世紀都具指導意義。他的
名言是：「宗教就是對宇宙的直觀。」（注6）這
一定義把宗教與封建迷信、道德戒律嚴格區分
開來，將宗教的本質界定爲：「一種經驗、一
種本能，一朵最美的幻想之花。」（注7）宗教是
同宇宙神祕地結合的環節。它喚起人對無限的
感應、依賴和渴望。施萊爾馬赫的宗教哲學揭
示了詩的超越感與神祕感的眞正來源——對宇
宙的直觀，即宗教體驗。德國詩的超驗性由此
進一步奠立。二十世紀的大詩人里爾克、詩哲
海德格爾正是從德國詩文化的超驗之源中獲得
他們卓穎不凡的氣度與品質的。

　　德國浪漫主義的第一個詩學理論家是F‧
施萊格爾。爲浪漫主義標舉了一個「超驗詩」
的理想：

> 有一種詩，它的全部內涵就是理想和現實的關係。這種詩按照類似的哲學韻味的藝術語言，大概必須叫做超驗詩。它作爲諷刺，從理想與現實的截然不同入手；作爲哀歌，飄遊在二者之間；作爲牧歌，以二者的絕對同一而結束。(注8)

施萊格爾將這種「超驗詩」稱作「詩的詩」，即詩中之最。

從上述引文中我們可以看出，施萊格爾在浪漫主義的發韌期便牢牢把握了詩的本質，文學的本質，即理想與現實的關係問題。每個詩人在下筆之前必須解決這個問題。文學的本質，詩與現實的正確關係應表述爲：文學不是現實的反映，而是現實的超越，浪漫主義正是由經驗現實向超驗現實或理想眞實飛躍的文學思潮與運動。施萊格爾一上來便爲浪漫主義設定了超驗主義（也就是神秘主義）的哲學、美學基礎。

用施萊格爾的詩歌分類法來考察當代的詩

歌同樣有效:「從理想與現實的截然不同入手」
的詩人,表達了沮喪、自嘲與反諷的,如艾略
特;「飄游於二者之間」的哀歌作者,如里爾
克、瓦雷里;「以二者的絕對同一而結束」的
牧歌詩人則有泰戈爾、惠特曼、聶魯達、帕斯
等等。這一切浪漫主義、現代主義無不以超驗
的境界與神祕的美感作為詩的基本本體。

　　正是這種超驗主義(或神祕主義)迎來了
西方詩歌(抒情詩)的黃金時代——浪漫主義
從此成為人們心目中詩人形象必不可少的要
素。無論是諾瓦利斯、賀德林代表的德國浪漫
主義詩文中濃厚的宗教神祕主義,還是華滋華
斯、柯立芝、雪萊、濟慈代表的英國浪漫主義
詩文中對自然神祕之美所帶來的頓悟與狂喜的
吟詠,還是雨果、繆塞代表的法國浪漫主義對
自然神力所作的或動人心魄或輕靈感傷的描
寫,這一切表明,浪漫主義詩歌正是重返詩的
神祕之源,從神祕主義中獲得了巨大的感染力
量和永恆的詩意魅力。

　　浪漫主義詩歌的最高峰是偉大的美國詩人

瓦爾特・惠特曼。他創作的大氣磅礴、氣吞山
河的作品是迄今爲止人類所能創造的最偉大的
詩篇。他的詩表達了人的本質力量，人的自由
和美，宇宙的豪情與不盡的活力。無數世代的
詩人將從他的作品中汲取生存的激情、對宇宙
神秘之美的純粹鑒賞、高歌猛進的男性活力、
低迴縈繞的女性氣質與旋律感以及不斷自救的
新生之力。瓦爾特・惠特曼不愧爲「神的代言
人」，是詩中之王、詩中之豪、詩中之神。只有
凡夫俗子才對他的詩無動於衷。D・H・勞倫斯
在自己的詩序言中發明了一個公式：

　　　自由詩＝惠特曼。(注9)

並在〈論惠特曼〉一文中說：

　　　惠特曼是開拓者，是先鋒，只有惠特
　　曼，在歐洲自稱爲先鋒者的不過是些革新
　　者。惠特曼則是開拓未來荒野的第一人。
　　前無古人，後無來者。……惠特曼是現代
　　美國的摩西。(注10)

　　1855年《草葉集》的出版標誌著世界現代
詩史的開始，這部以石破天驚之勢橫空而出的
詩集，一掃歐洲詩歌雕琢拘泥的音步。採用《聖
經》一樣雄強壯闊、素樸有力的散文化的詩行，
盡情地、無顧忌地抒寫人與宇宙神祕的溝通與
合一，從此，自由詩、現代詩宣告誕生。惠特
曼結束了浪漫主義中感傷的神祕，代之以現代
詩歌中宇宙規模的樂觀豪邁的神祕主義狂喜。

　　長久以來，人們一直在談論以詩歌代替宗
教，從而填補近代科學發展後「上帝死去」造
成現代人的靈魂空虛。實際上，只有惠特曼這
樣的詩歌才真正有資格、有可能成為一種「新
的宗教」。這一點，也正是惠特曼對詩之本質的
根本看法。他在1872年寫道：

　　　　科學──顯然準備讓路給一種更加偉
　　大的科學──時間的幼小而完美的兒女
　　──新的神學──西方的繼承人──強壯
　　而鍾情，驚人的美麗。對於美國，對於今
　　天，像對於任何一天那樣，最高最終的科

學是關於上帝的科學——我們稱之爲科學
的僅僅是它的副手而已——正如民主也是
它的副手那樣。……因爲在我看來，如果
沒有宗教的根本因素在浸染其他因素（如
化學中的熱，它本身雖然無形，但卻是一
切有形生命的生命）就不可能有明智而完
整的個性，同樣，如果沒有潛藏於一切事
物背後的那種因素，詩也就不配稱爲詩
了。(注11)

　　大地、微風、天空、海洋的絮語、夜晚的
疏星，這一切構成惠特曼詩歌中對宇宙生命至
深的感觸，合成一曲曲神秘而動人的樂章：

　　　你們這些水霧喲，我想我已經同你們
一起上升，一起飄向遙遠的各洲，並且降
落在那裡，爲了某些理由 (注12)

　　這裡，「爲了某些理由」是這幾行詩的最值
得回味之處，它表明了神秘主義者惠特曼對自
然萬物的看法：宇宙不是盲目客觀力量的產

物，任何一種自然物本身都包含有精神的意義，它們合在一起構成了宇宙的和諧、秩序與崇高的目的。

> 從西南方吹來柔和的午前風，整個早晨樹林都披著晨露，
> 枯葉在迴旋飄颺，然後悄悄而滿足地掉落到地上，……（注13）

　　惠特曼是透澈的把握了宇宙本質與生命本質的偉大歌手，他洞燭了死亡對生命的意義，對宇宙更新的意義：枯葉滿足地落下，整個森林卻沐浴在晨光朝露中生機勃勃，並且享受柔和的微風和美妙的生命，惠特曼在他波瀾壯闊的詩行中選取了這樣一個靜美的畫面，在整個呈動態遠行的詩行中穿插了這樣一個靜謐的瞬間，細膩而完美地傳達了大自然的神韻、深厚的奧祕蘊藏、有餘不盡的回味之美。

　　惠特曼詩歌的最卓越之處在於：在他那汪洋恣肆的直言狂歌中竟包含了最幽深婉曲的神祕美。他的詩美就產生於那粗獷豪放與幽深婉

曲之間由巧妙的交插、疊合、變幻、指涉與隱
喻等關係而形成的韻律和弦。惠特曼曾專門提
到他的詩歌中的神秘性：

> 在這列階梯中的某些部分，由於想要
> 描繪或暗示它們，我從不害怕人家指責我
> 這兩卷書中（指《草葉集》）有晦澀難懂之
> 處——因為人的思想、詩或歌曲，必然會
> 留下一些朦朧的逃避處和出口，必然會有
> 某種與空間本身相近似的流動和縹緲的特
> 徵，這對於那些較少或沒有想像力的人就
> 是晦澀難懂的了，而對於那些最高的旨趣
> 卻是必不可少的。詩的風格在它面對靈魂
> 說話時，是一種不大明確的形態，它更適
> 合於遠景、音樂、中間色調，甚至還不到
> 中間色調……它像原始森林或它在曙光中
> 給人的印象，迎風搖擺的棟樹、雪松，以
> 及縹緲無著的香味。……（注14）

惠特曼是表達宇宙「最高旨趣」的詩人，
這種旨趣即人對宇宙的神秘主義直覺，因而，

詩必然是「朦朧的」「縹緲的」、「不大明確的形
態」。實際上，這也就是詩的神秘美感。這樣，
惠特曼不僅成爲現代詩的解放者和開拓者，他
還繼承、發展了詩的神秘主義傳統，深刻地指
出了詩的神秘本質。

　　富有先知般預見的詩人惠特曼在他的晚年
寫了一首著名的長詩〈到印度去〉，表現了對東
方智慧與東方美的關注與傾慕：

　　　　靈魂喲，回到原始的信念去！那裡不
　　僅是大陸和海洋，也是你本身清新淨化之
　　地。雛鳥和花朵成熟之鄉，誕生經典之國
　　的領地。(注15)

　　彷彿是在這奇妙的召喚之下，一位偉大的
東方詩人便真的在印度誕生了。他便是羅賓德
拉納特・泰戈爾。沉寂了數千年的東方詩壇終
於吐出了聖潔美妙的神秘牧歌。泰戈爾如清麗
的東方朝陽升起於人類詩歌的誕生之地，刹那
間彷彿古老的東方眞的重新煥發了靑春。

　　如果說惠特曼是詩人之王、詩中之豪，那

麼泰戈爾就是詩中之聖，詩中之仙。惠特曼把
無限的宇宙吸納入極度擴張的主體情懷之中，
泰戈爾則以東方特有的智慧和嫻靜安詳的精神
風度將自我極度收斂，以便純潔地依偎在無限
造物的腳下。

　　泰戈爾是東方神秘主義詩歌的代表。他廣
泛吸取東方神秘主義文化精華，將佛教哲學、
印度教經典、《薄伽梵歌》、《奧義書》等與西方
文化，尤其是基督教神秘主義傳統相結合、相
融合，創作出與近現代西方詩歌氣質迥然不同
的聖潔典雅的詩文，引起全世界的驚嘆，葉芝、
龐德、海森斯坦對他推崇備至，龐德稱：「我
在他身上看到了新的希臘。與之相比，我們西
方人簡直是手持木棒的野人。」（注16）1913年，
泰戈爾榮獲諾貝爾文學獎，成爲迄今爲止享有
此項殊榮的唯一的一位東方詩人。

　　泰戈爾在《一個藝術家的信仰》中寫道：

　　　　我的宗教本質上是一個詩人的宗教。
　　正如音樂靈感一樣，我的宗教通過同樣不

可見的、無蹤迹的渠道觸及到我。我的信
仰生活像我的詩歌一樣，沿神秘的路線發
展。……在藝術中，我們心裡的自我向那
超人（指上帝）作出答覆，而這超人則越
過黯淡無光的現象世界，在一個無限美妙
的世界裡向我們顯示他的存在。(注17)

　　作爲一個橫跨19、20兩個世紀與東西方兩
種文明的文化巨人，泰戈爾深刻地覺察了理性
主義與功利主義對人類精神的殘害，重新發現
和體認了東方特有的人與宇宙同一這種神秘主
義傳統的巨大價值。他在詩論中莊嚴地宣告：
「人類歷史的這一時刻已經到來，我們傾聽神
在完美的和諧中觸摸到人的生命之樂……」

　　泰戈爾的詩開啟了現代詩史的另一審美維
度，他的寧靜純潔如一曲仙樂，淨化了二十世
紀人類普遍的焦慮與絕望，使人類心靈重獲甦
生之力。惠特曼樂觀的自我張揚、現代主義者
悲劇的自我掙扎與搏鬥、泰戈爾以東方式的超
越乎悲喜之上的寧靜與對神的皈依，三種不同

的審美維度合成了現代詩的多重立體空間。

> 我的上帝啊，在我向你的敬拜中，
> 讓我所有的官感擴散開來，接觸這個在你
> 腳下的世界。
> ……
> 在我向你的敬拜中，讓我全部詩歌的不同
> 樂音，匯成一股洪流，注入靜默的海洋。
> 在我向你的敬拜中，讓我全部生命，像一
> 群思歸的鶴鳥
> 日夜飛向他們山間的巢居，揚帆歸回它永
> 久的家鄉。（注18）

　　在泰戈爾的神秘主義詩篇中，我們獲得一種奇妙的依賴感與超越感，這種感覺與西方現代詩的痛苦的心靈掙扎不同，也沒有對神的敬拜而產生任何不自由感，相反的，神作為無限和完美的存在，在詩中保護了我們，使我們免於恐懼和空虛，進入寧靜、聖潔與永恆怡悅之中。

　　這是真正的詩歌宗教。正是詩人首先創立

了宗教，並且以先知的想像力創造了上帝和諸神，賦予他們以自然萬物的美妙天性和強大威力，而被詩人創造的宗教，又反過來給詩人的作品蒙上一層符咒般的神秘魔力。詩歌與宗教本來就是一而二、二而一的相伴相生、互爲生發的東西。這種狀況直到神秘詩歌被世俗化散文作品取代爲止。專制帝國的行政公文、現代社會的商業訂單，使用的都是一種東西：散文。隨著散文勃興的往往是物質生活的繁榮與精神生活的淪喪。

什麼時候詩歌宗教得到恢復，什麼時候人類才能夠重返其所由來之的詩意與人性的家園。

詩是人類最早的語言。思維、想像、表達情感、組織祭祀與慶典，乃至每日篝火旁的舞蹈與吟唱，原始人類都採用了詩的方式。

人類文明中最有價值最富人性的東西，如宗教、文學、思想、語言、自我表達與自我安慰、友愛、忠誠、愉悅與憂傷、興奮與安詳……全是詩人創造的。

詩是語言的家，人類的家。

# 二、現代主義：文本神秘場和語言神秘流

　　文學進入二十世紀時發生了革命性的變化。以往的文學是以內容變化為主，形式因素則隨作品內容的變化而漸進。就詩而言，古希臘人表現了人與神在現實中的和諧，中古詩歌表現了人在棄絕現實之後於超現實中與神的交合及人的獲救，近代浪漫主義則表現了在神隱去以後人對神的尋找、追求與呼喚。這一切在二十世紀徹底改變了。現代主義者必須面對一個神久喚不至的世界。這是一個卑鄙委瑣的世界。詩人們對之棄而不顧。

　　現代主義將探索的鋒芒由詩的神秘蘊含引向詩的形式構成，在他們看來，構成詩的唯一手段——語言本身就是神秘的、自足的，語言由詩的形式因素一躍而為詩的唯一因素，詩的內容就在語言之中，就在形式之中，就在語言

言說的神祕自足的系統中。

現代主義詩的先驅是美國人愛倫坡。1848年，愛倫坡寫成《詩的原理》，這是現代主義詩的第一個宣言。愛倫坡首先將眞善美加以嚴格的區分，認爲詩只追求美，而與眞、善無關：

> 如果把精神世界分成最爲一目了然的、三種不同的東西，我們就有純粹智力、趣味和道德感。……智力本身與眞理有關，趣味使我們知道美，道德感則重視道義。……除了在偶然的情況下，它（指詩）對於道義或對於眞理，也都沒有任何的牽連。（注19）

這樣，眞善美的古典和諧一去不復返了，美被剝離於眞與善的內涵之外，美自身旣是內涵又是形式，並且只以自身爲目的。現代主義詩歌美學的第一個觀念誕生了。

愛倫坡進而提出了一種神祕的彼岸美作爲詩的最高境界：

　　我們尚有一個不可抑制的渴望，……
這渴望屬於人的不朽性。這渴望是一個自
然結果，同時也是人的永恆存在的標誌。
它是飛蛾對星星的嚮往。它不僅是對我們
當前的美的鑒賞，而且是一種瘋狂的努
力，以達到更高的美。我們由於預見死後
的或者說彼岸的輝煌燦爛而欣喜欲狂，所
以才能通過時間所包蘊的種種事物和種種
思想之間的多樣結合，努力爭取一部分的
美妙，而這一部分也許只是屬於永恆世界
的。於是，借助於詩——或者借助於詩的
境界中最迷人的音樂——我們發現自己被
化成淚水了。這倒不是……由於過分歡
樂，而是由於某種容易觸發的、難以忍受
的憂愁：我們還不能在這世界上，全部
地、一勞永逸地把握著神聖的和令人發狂
的種種喜悅，而只是通過詩或通過音樂，
簡單地、隱約地瞥見了這種種的喜悅。(注
20)

　　法國人戈蒂葉、波特萊爾繼承了愛倫坡的
形式崇拜和對神秘美的憧憬，進而提出了「爲
藝術而藝術」的唯美主義文學主張。戈蒂葉的
主張爲法國的「巴拿斯」派所貫徹；後來傳至
英國，唯美主義在王爾德、羅塞蒂、佩特、莫
里斯、羅斯金那裡進一步理論化，從而在全世
界產生了廣泛影響。波特萊爾關於自然之間神
秘感應關係的描述則啓發了一個新的詩潮
──象徵主義的出現。《惡之花》（1857年）的
出版更開啓了現代詩正視醜惡與頹廢、焦慮與
絕望的先河。

　　十七歲的少年阿瑟‧藍波於1871年寫成的
《彩畫集》是現代主義的第一部詩集，藍波像
閃電一般劃過十九世紀末葉的星空，照亮了現
代主義詩對現存制度、現實陳腐價值的激烈反
叛。藍波自稱「通靈者」，他以無比的熱情與勇
氣，自行投入無秩序的錯綜中，企圖摧毀一切
人爲的藩籬，直鑽入最深的神秘。從藍波開始，
一個詩人由游離於時代之外一變而爲激烈地反
抗他所生活的整個時代。

　　藍波的詩第一次打亂了語言的邏輯結構和
邏輯關係，以詩的靈性放射出一個隱喻的世
界，這是個連他自己都辨認不清的陌生世界：

　　　這是明澈如光的憩息，是草坪上的安
眠。（注21）

　　　大氣和世界，決非尋求可致。生命。
（注22）

　　　夏日的炎熱付與瘖啞的飛鳥，憑借死
去的愛情和芳香下沉的悲悼的小舟，這是
無價之寶。（注23）

　　　在大路高處，在月桂樹林邊，我抓住
她的層層面紗，把她緊緊裹住，我略略感
到她身體碩大。黎明和孩子一起跌倒在樹
林下。（注24）

　　用散文語言詮釋這樣的詩行幾乎是不可能
的。它的內容和意義就在於它的奇特的構成方
式之中：華麗的、光彩照人的語言與意象的堆
積，縹緲神秘的氛圍，隨心所欲的節奏和青春
般跳蕩的旋律，以及詩行偶然洩露、只供猜測

的暗示與聯想：生命的美和它令人心碎的消
逝、少年欲望凝結成的旣模糊不清又強烈可感
的神祕形象，人心中不可名狀或難以啓齒的衝
動與恍郁情調，美侖美奐的畫面感、微妙的光
線變化給人的感官與心靈的撫慰……

　　藍波是人類經過漫長的詩歌旅程首批到達
詩本體的神祕聖殿門前的人。正如埃克哈特得
宗教神髓的那句名言所云：「正因爲不眞實，
我才信仰。」（注25）正是由於人類的神祕體驗難
以用清晰的散文語言表達，人才選擇了詩。人
本能地意識到，正是在這不可名狀的情感深處
隱伏著宇宙與生命最深的本質，詩人首先看到
了這一點，並且感受到了那強烈的難以言說的
神祕之美。古代詩人用自己的思想去條理這些
情緒和感受，現代詩人則直接將它們寫入詩
歌，以使人的心靈借語言原初的活力自由地飛
入那神祕的世界。

　　由藍波開啓的象徵主義詩歌運動在保爾・
瓦雷里那裡結出了詩藝與詩學的奇葩。神祕主
義長詩〈水仙辭〉、〈年輕的命運女神〉、〈海濱

墓園〉奠定了他二十世紀上半葉三大詩人之一
的地位（另二者為里爾克、艾略特），他的「純
詩說」更成為二十世紀世界詩歌發展的指導性
原則。

　　如果把人類詩歌的誕生與完成的全過程分
為宇宙、詩人、作品、讀者四個要素的話，人
類詩學的發展路線是十分清晰的——在古典時
代，詩學的重點在於「宇宙」要素，即詩歌中
所表現的外在世界的神秘性和詩意感，也就是
關注的目光始終越過詩的形式構成而進入詩所
展現的那個幻境中的種種奇遇或情感；——在
近代，浪漫主義詩學把重點放在詩的發射源，
即詩人身上，重視詩的情感抒發，重視詩人的
主觀體驗和內心經驗；——進入二十世紀之
後，現代詩學把大部分的注意力放在詩的本
文，即作品的形式構成上，這種傾向歷經俄國
形式主義、捷克結構主義、法國結構主義與解
構主義各學派的發展，一直貫穿至當代；
——對「讀者」要素的關注直到本世紀中葉以
後，尤其是下半葉才開始產生廣泛的影響，存

在主義美學、現象學、闡釋學、接受美學的發
展，使世界詩學達到了前所未有的深度。

　　在形式主義詩論各家學說中，最早提出「純
詩」概念的是英國新黑格爾主義哲學家A‧C‧
布萊德利（Bradley, 1851-1935），他的〈爲詩
而詩〉一文發表於本世紀的開初之年──1901
年，這一年，也是諾貝爾文學獎首次頒獎給形
式主義詩派──巴拿斯派詩人蘇利‧普呂多
姆，這一切，標誌著本世紀的詩藝與詩學發生
了革命性的轉變。

　　布萊德利首先將詩與眞實加以區分，認爲
詩的價值只在其自身，而與眞、善等無關，詩
的意義在它自身的形式之中，內容即形式，形
式即內容，二者不可能分開而存在；據此，布
萊德利提出了「純粹的詩」（即純詩）的理想：

　　　　純粹的詩，不是對一個預先想到的和
　　界說分明的材料，加以修飾；模糊不清的
　　想像之體在追求發展和說明自己的過程
　　中，含有創造的衝動，純粹的詩便是從這

種衝動中生發出來的。假如詩人已確切知
道他想說什麼，他爲何還要寫詩呢？……
（注26）

最後，布萊德利爲詩的意義與價值作了一
個精到的闡發，這一闡發至今仍是最逼近詩的
本體的論述之一：

　　一個含有無限暗示的氣氛，浮泛在最
好的詩的周圍……詩人向我們說了一件事
物，但是在這事物中卻潛藏著一切事物的
秘奧。他說了他所要說的，然而他的意趣
卻好像暗中指向它自身之外，或者竟是擴
展到無限之境，而它不過是後者所環繞的
焦點罷了；這一境地，我們覺得，不僅滿
足了想像，而且整個地滿足了我們……（注
27）

這樣，我們鑒賞詩的目光便被阻隔於這神
秘而華美的詩的形式織體之上，由於詩本身的
神秘、朦朧、晦澀，使我們的目光無法穿透這

緊密的形式織體而進入詩所表現的眞實世界，
恰如一匹閃光絲綢，懸掛於眞實生活的門上，
使任何一個來訪者在門前止步，在欣賞這匹絲
綢的光彩圖案時流連忘返，從而忘記了神祕之
門、神祕之帘背後的眞實世界。詩以它本身的
神祕使讀者駐足，嘆賞之餘神遊於另一世界，
這樣，現實世界便被巧妙地排除了。秀帘顫抖
於深淵之上，它偶然洩露的生命眞相往往令人
心驚。

　　在非存在的純淨中
　　宇宙也不過是一塊瑕疵！（注28）

　　織成這匹神祕絲綢的基本絲線是語言，詩
的語言。在布萊德利莊嚴地宣告「爲詩而詩」
以後，保爾・瓦雷里開始從語言學的角度對二
十世紀純詩理論作了最令人嘆賞的闡述。

　　瓦雷里在〈詩與抽象思想〉（1938）一文中
精確地區分了日常語言、散文語言與詩的語言
的重大區別。他舉例說「請借個火」這句話，
作爲日常語言，聽話者將火柴遞給說話者，這

樣，這句話的功用便耗盡了，它完成了自己的使命，它作廢了。然而，如果說話者用一種特定的語氣和聲調，一種特殊的緩慢或輕快的口吻把這幾個無關緊要的字說出來，效果則大為不同了：它開始在說話者和聽話者之間迴蕩，它獲得了一種任憑人去想像或猜測的神秘意義，並且引起人對他重複吟哦和思考的欲望。「現在，詩的狀態近在咫尺了。」(注29)

瓦雷里用一個簡單明瞭的例子說明了詩的本質：詩用一種特殊的語言，即包裹著複雜意義與特有旋律的詩語，創造一個神秘的氛圍，任你的想像在其中馳騁，得出你自己的解釋。偉大的詩則在神秘之美之上更創造神秘之境，引你奮飛升入另一重世界──無限王國之中去遨遊。

用上引瓦雷里的例子來分析，則「借個火」以不同的語調或辭句說出，則想像後的結果會迥然不同：它早已不是指火柴，你可以想像它是情感之火，溫暖冷漠中的人心；你可以想像它是思想之火，照亮黑暗中的民眾；你可以想

像它是救贖之火，燒盡罪惡升出天國……二十
世紀詩的神祕性為人類的幻想打開了自由的大
門。

　　第二次世界大戰後繼承瓦雷里區分詩與散
文、及日常用語嚴峻立場最著名的是法國存在
主義哲學家讓・保羅・沙特。這位以號召文學
「介入」而聞名的批評家認為讓詩歌也「介入」
是「愚不可及的」。他對於詩的語言本質的認識
更加深入。沙特認為，「詩歌根本不使用語
言」，而是被語言所使用，「它只是為語言服
務」，「詩人是拒絕利用語言的人……詩人一了
百了地從語言工具中脫身而出；……」（注30）
：「說分了「說話的人」與「詩人」之間的不同
沒有達話的人越過了詞，靠近了物體；詩人則
；對於到詞。對於前者，詞是為他效勞的僕人
　　後者，詞還沒有被馴化。」（注31）

　　這裡，沙特道出了二十世紀詩歌的本體特
徵：它們大多是未經馴化，即未經人類工具理
性影響與功利主義污染，超邏輯的詩性語言的
組合，詩人藉此表達他原初的神祕體驗，而不

具備詩化心境。不熟悉詩性語言的現代讀者便武斷地斥之晦澀難懂了。

將法國純詩說推向極端的是結構主義詩學與符號學詩學。羅蘭‧巴爾特把現代詩描述爲一種「字詞的自由迸發」,「一個記號和一個意圖的偶然交遇」,一種語言自行運動的「歷險」,雅各布森則認爲,「詩的功能在於指出符號與指稱不能合一……」這樣,詩作爲一種符號,喪失了它的所指,由於其自指性功能,其能指優勢不斷加強,直至到神秘費解的程度,即詩的狀態。(注32) 這樣,詩的神秘性在結構主義與符號學這裡又獲得了進一步的佐證和理解。

將人類對語言的理解進一步神秘化的是本世紀最具影響力的哲學家和詩學家Ｍ‧海德格。他一反英法實證主義用科學分析的方法來煩瑣考證詩的做法,調動德國悠久的浪漫主義傳統,用詩化思維、詩性語言闡述他的哲學觀點和美學觀點,從而闡發了本世紀最深刻的哲思與詩學,並且創造了一種令人傾倒的將清幽

的詩意與深玄的哲理相融合的文體風格。

　　海德格的存在主義哲學達到了人類神祕主義思想的最深處。他將世界萬物均稱爲「在者」，而那統一萬物的神祕本質「存在」，就隱藏在——在者的身後。只有當它受到呼喚，尤其是受到詩人的呼喚，它才會顯現出來，此一過程稱爲「去蔽」，也就是眞理，最高的善，神意照耀下的澄明之美。

　　海德格的語言哲學令人有振襲發聵之感：「語言是存在的家」。（注33）這樣，以往人們將語言視作工具的語言觀一變而爲對語言這種原初力量的崇拜。在海德格，詩、言、思三者渾然一體，密不可分，構成了海氏嚴整的詩學體系。海德格將詩人界定爲「一個聆聽語言無言地言說的人」，這裡，作爲普遍本質的存在、原初力量、語言本身都隱伏著神的屬性，海氏到晚年直接召喚「神」「到場」，進入他的哲學和詩學體系，這樣，從柏拉圖開始將詩定義爲「神的話語」的西方神祕主義詩學傳統在海德格這裡得到繼承，把詩人作爲一名「神意的聆聽

者」，這排除了西方現代派中某些詩人虛無主義與主觀妄為的詩風，從而為重新獲得恢復和光大詩歌的神秘主義傳統掃清了道路。詩人成了人神之間結合的紐帶，詩響應著神的呼喚，以詩性的，本真的言說，請人們重返宇宙的神性家園，重新皈依於神的懷抱。這樣，詩便超出了美學範疇，進入人類生存、宇宙意義的本體論層次。

海德格針對西方世界科學主義、技術至上的狂潮，深刻地道出了詩的天命、詩人的天命：

> 在這貧乏的時代做一個詩人意味著：在吟詠中摸索隱去的神的蹤迹。正因為如此，詩人能在世界黑夜的時代道出神聖。……哪裡有貧乏，哪裡就有詩性。(注34)

海德格將詩與真理重新聯繫起來，認為「詩是置放於作品中的真理」，(注35) 詩的過程就是「真理發生的過程」，(注36) 是人類生存與宇宙存在的「真理的看護者」，(注37) 這樣，詩作為語言言說的產物，其隱秘的內涵、微言大義的、

先知預言式的啓示內涵重新受到了重視，這樣，海德格開啓了現代解釋學、接受美學的先河，現象學詩學作爲與語言學基礎上的結構主義、符號學詩論相對立的詩評流派，以其詩性運思與表達的特質更接近了詩的本體。

二十世紀各個詩歌流派的神祕性大大加強了，對宇宙本質與詩的本質作神祕主義的探索幾乎成爲二十世紀詩歌的基本特徵，神祕性成爲各詩派最主要的本體追求，唯美主義、象徵主義、超現實主義、未來主義、後現代主義諸流派，均以詩的神祕性相標榜，進入二十世紀之後神祕美成爲詩的基本樣貌與風格。

在本世紀下半葉的詩壇，引人注目的現象有三：一是與西歐、北美現代主義詩風迥異其趣的環地中海諸國的詩歌繁榮；二是拉丁美洲、非洲等落後地區現代詩的崛起；三是歐美各國後現代主義文學運動在詩壇的表現。

現代主義作爲二十世紀現代詩歌的主流正式開始於1921年T・S・艾略特的〈荒原〉發表，這種苦悶、絕望而艱澀的詩風直到四十年代艾

略特的傑出長詩〈四個四重奏〉才獲得緩解，對現存秩序與人類天性的反諷與自嘲、絕望與反叛，最後歸結爲形而上學玄思與宗教性的解脫，艾略特在中年以後對現代主義詩風進行嚴厲批判，主張以基督教思想挽救現代主義向虛無墮落滑跌，表現了現代主義自身的反思與調整。

　　與艾略特等現代主義者代表的歐洲北方憂鬱詩風不同，歐洲南方詩風呈現出樂觀而神秘的氣質。環繞地中海沿岸的各國詩壇在本世紀下半葉出現了令人矚目的繁榮。意大利的隱逸派（又稱奧秘主義）、希臘的塞菲里斯、埃利蒂斯、西班牙的阿萊克桑德雷、法國的勒內‧夏爾、伊夫‧博納富瓦以及「南方詩派」，葡萄牙的安德萊德等，這些詩人的作品猶如地中海蔚藍的海水與燦爛的陽光，閃射著清澈的光輝與神秘的風采，緩解了現代主義初期的憂鬱與病態的焦慮。本世紀下半葉獲諾貝爾文學獎的詩人幾乎集中於這一地區。

　　法國當代詩人伊夫‧博納富瓦的詩充滿大

自然搏動的生機與浩然的神祕感，一種深含哲
理的凝重與充滿探索機鋒的敏感、和靈動，其
詩言所到之處，照徹了一個未知的領域，在此
領域中，宇宙和人生獲得了光輝的依存：

> 深沉的光需要從車輪
>
> 軋著的地裡迸發出來
>
> 嗶剝燃燒在夜空
>
> 這是被烈焰振奮的一座森林
>
> 必須給語言本身一種智力
>
> 透過一片歌聲
>
> 是一個暮氣沉沉的岸
>
> 爲了生存你必須越過死亡
>
> 最純粹的存在是灑下一腔熱血　（注38）

　　巴勃羅·聶魯達的出現，標誌著現代詩的
高潮已由歐洲和北美，波及向全世界。這位「世
界黎明的歌手」瓦·惠特曼的眞正傳人，以他
壯闊而瑰麗的詩風震撼了整個世界詩壇，他的
出現宣告了沉睡數千年的世界各民族抒情心靈
的甦醒，他的神祕主義詩作「復甦了一整個大

陸的夢想」：

　　成熟於太空的
　　光的力量
　　潑過我們
　　而不把我們沾濕的
　　波浪，宇宙的
　　圓臀，已經再生的
　　玫瑰；
　　每天每天
　　請敞開你的花瓣
　　你的眼瞼
　　讓你純潔的速度
　　擴展到我們的眼睛
　　教會我們看見
　　海上一個接一個的波浪
　　大地一朵連一朵的鮮花　(注39)

　　1986年，尼日利亞詩人沃爾‧索因卡獲諾
貝爾文學獎，標誌著各大陸漸次醒來的心靈合
唱中加入黑非洲那沉鬱而神秘的聲音。索因卡

在接受諾貝爾文學獎時說：

> ……指導我創作的繆斯是奧貢——我
> 們（指非洲）的創造和毀滅之神、詩歌和
> 冶煉之神。……奧貢在原始的混沌中闢了
> 一條道路，從地球中心為眾神炸開了一條
> 通向人世的路徑，以期同我們凡人重聚。
> ……（注40）

索因卡以長詩〈奧貢・阿比比曼〉表達了
黑非洲人民對原始生成力——奧貢大神的崇
拜：

> 此刻，在悲傷的空間重新創出遺失之前
> 在這保護少女的盾牌鍛造出來之前
> 此刻真正需要歌與詩，節日的酒盞
> 祭酒、祈禱意志
> 化為神聖的肉體！——
> 奧貢升騰了——讓我們此刻歡呼！（注41）

1990年諾貝爾文學獎得主、墨西哥詩人
奧・帕斯代表了將美洲文化、歐洲文化、東方

文化加以溶合的趨勢。他的神秘主義詩學觀的中心是「重建我們與（宇宙）整體的聯繫並恢復我們與世界的情愛與導電般的關係。」（注42）他的詩是當代世界神秘主義中的瑰寶：

> 我在你眼中行走如在水上，
> 虎群在秋波上暢飲夢之瓊漿……（注43）

儘管人們對「後現代主義」這一概念眾說紛紜，但世界文學在二戰以後進入後現代主義時代是毋庸置疑的。後現代主義者將本世紀初現代主義對現存秩序的反叛推進到一個更加激烈的程度，他們一反現代主義者那種貴族式的清高、人道主義者悲天憫人的腔調和雕琢隱晦的語言風格、而以平民式的反叛，驚世駭俗的生活方式、通俗曉暢或支離破碎的語言表達他們對人性、歷史、現存秩序的不耐煩和徹底的絕望。

後現代主義將現代神秘主義向當代神秘主義推進，將現代主義者與世界的認識論關係變成後現代主義者與世界的本體論關係，即自我

生命與宇宙生命間不再是清醒的認識關係，而
是一種相互擁抱、占有、血肉合一的靈魂迷幻
狀態，後現代主義者通過「語言革命——語言
顛覆——語言歡樂——語言烏托邦」的方式，
甚至通過激烈的反傳統、反現實的生活方式，
如吸毒、同性戀、性濫交等獲得一種短暫的狂
喜，從而滿足自己對現實秩序作語言顛覆和使
自我與宇宙結合的神祕欲望。(注44)

　　後現代主義的標準文體是戰後興起的荒誕
派戲劇，法國「新小說」及美國巴斯、品欽、
巴塞爾姆等人的小說，「垮掉的一代」中的小說
和詩歌作品。

　　後現代主義在當代美國詩壇有著廣泛的影
響。黑山派、自白派、紐約派、新超現實主義
等均有後現代主義色彩，許多詩人迷戀東方神
祕主義，尤其是中國禪宗，有的詩人旅居東方
數十年，甚至剃度出家，修習佛法；有的回到
美國還主持當地的禪宗中心，他們的詩歌是當
代神祕主義文化的一部分。

　　「垮掉派」詩人阿蘭‧金斯堡是後現代神

秘主義的代表，他的著名詩集《嚎叫》印行三
十六萬冊，創當代詩集銷售的最高紀錄。

　　莫洛克！莫洛克！機器人公寓！無形
的郊野！骷髏寶藏！瞎眼的城市！魔鬼的
工藝！妖怪的民族！不可戰勝的瘋人院！
花崗石公雞！巨大怪異的炸彈！

　　他們把莫洛克抬上天國時折斷脊樑！
大街，樹林，電台，成千上萬！把城市抬
上實際存在而且在我們周圍無處不有的天
國！

　　夢想！徵兆！幻覺！奇蹟！狂歡！消
亡在美國的河流裡！

　　夢境！膜拜！光輝！宗教！一整船敏
感的廢話！

　　突圍！越江！鞭笞與釘刑！消亡在洪
水中！高潮！頓悟！絕望！十年的動物尖
叫與自殺！腦袋！新的愛情！瘋狂的一
代！掉落到時間的巨石上！（注45）

阿蘭・金斯堡被認爲是「恢復了美國詩歌

的惠特曼傳統的人。」(注46) 他一反T‧S‧艾
略特及「新批評派」主張的晦澀做作的詩風，
代之以惠特曼式狂放不羈、桀傲不馴的呼喊，
他以詞語之鞭拚命地抽打美國的現實、世界的
現實、宇宙的現實，並在這痛快淋漓的抽打中
發洩當代人類對自身處境的無窮怨憤和摧毀這
一處境的孩子般天眞的渴望。

　　「天國」就在此迷幻中短暫地出現。

　　大體說來，建基於現代神祕主義之上的世
界詩歌總秩序由兩股力量構成：具空間凝固性
與暗示性的結構力量——文本神祕場和具時間
流動性與爆發性的解構力量——語言神祕流合
力而成，前者代表是象徵主義、意象主義等現
代主義詩學，後者代表是超現實主義肇始的後
現代主義詩學。

　　現代主義者將一個或一組神祕的象徵與意
象置於一個凝固的空間形象和絕緣的心理環境
中，對之加以精細的雕琢，並且拒斥此空間意
象以外的任何力量對之進行非詩化影響和解
讀，從而形成一個詩情衝動與冷靜描繪之間具

極大張大的文本神秘場，企圖給予混亂的現代世界以某種結構秩序，並且向外輻射強大的場能，從而帶給現代人類一個適足以逃遁其中、暫作安身的詩意空間。象徵主義、意象主義、中國台灣、大陸的許多「現代派」詩人大致是這一體系的。

　　後現代主義則是一股解構力量，與自我孤絕的現代主義詩學不同，它認為世界本無秩序可言，遑論建立新的秩序。後現代主義者依著強烈的生命本能與詩化衝動，任憑神秘的語言之流將自己衝入一個超現實的夢幻世界，任憑辭語的神秘的自我生成能力與字詞的自由迸發力將自己帶入一個浪漫的想像空間，一個純潔而本真的原始狀態之中，並且以語言革命的方式對現實世界進行全盤改組。達達主義、超現實主義、未來主義、表現主義與後現代主義一脈相通。

　　空間與時間、結構與解構、內向孤絕與外向革命、智性苦思與激情迸發、深刻懷疑與本真皈依，這二股力量之間衝突、組合、改組、

互為生發，構成了神祕而多姿的世界詩歌總秩序。

# 注釋

注 1 ：《第歐根尼》（1989總第148期）。

注 2 ：海德格語。

注 3 ：葉慈：《詩歌的象徵主義》。

注 4 ：費希特：《人的使命》。

注 5 ：謝林：《藝術哲學文選》。

注 6 ：施萊爾馬赫：《宗教演講錄》。

注 7 ：同上。

注 8 ：施萊格爾：《雅典娜神廟斷片》第238節。

注 9 ：D‧H‧勞倫斯：《性與美》。

注10：同上。

注11：惠特曼：《草葉集》序言。

注12：惠特曼：〈向世界致敬〉。

注13：惠特曼：〈自我：自發的我〉。

注14：惠特曼：〈建國百周年版序言〉。

注15：惠特曼：〈到印度去〉。

注16：見《泰戈爾評傳》。

注17：泰戈爾：《一個藝術家的信仰》。

注18：泰戈爾：《吉檀佳利》103首。

注 19：愛德加・愛倫・坡：《詩的原理》。

注 20：同上。

注 21：阿瑟・藍波：《彩繪集》。

注 22：同上。

注 23：同上。

注 24：同上。

注 25：孫津：《基督教美學》。

注 26：布萊德利：〈為詩而詩〉。

注 27：同上。

注 28：保爾・瓦雷里詩句。

注 29：瓦雷里：〈詩與抽象思想〉。

注 30：讓・保羅・沙特：《什麼是文學》。

注 31：同上。

注 32：羅蘭・巴爾特：《寫作零度》。

注 33：海德格：〈賀爾德林與詩的本質〉。

注 34：海德格：《林中路》。

注 35：海德格：《藝術作品的本源》。

注 36：同上。

注 37：同上。

注 38：伊夫・博納富瓦：〈深沉的光〉。

注 39：巴勃羅・聶魯達：〈大地上的居所〉。

注 40：《世界文學》1987年第1期。

注 41：《東西南北集》（外國詩與詩論）。

注 42：奧・帕斯：〈幻術〉。

注 43：奧・帕斯：〈太陽石〉。

注 44：王寧編：《走向後現代主義》。

注 45：《現代世界詩壇》第一輯。「莫洛克」象徵神奇的、巨大的、奧妙的宇宙生命和力量。

注 46：同上。

# 第四章
# 中國現代詩與
# 東方神祕主義

## 一、火中鳳凰：中國現代詩的
## 　　美學神祕階段（五四新詩）

　　中國詩在進入近代以後開始衰落。這一衰落的根本原因在於：中國社會近代化的過程是向西方學習的過程，西方理性主義與功利主義的傳統投合了當時中國人的「科學崇拜」（所謂「從西方請來賽先生」），而西方社會更強大的維繫力量——宗教信仰與神祕主義傳統卻沒有引起國人的興趣，這樣，在傳統儒家道德與價值分崩離析之後，沒有出現新的價值體系來填

補空缺，中國社會出現了價值真空、精神真空
與道德真空。這種真空的直接後果是國民素質
的急劇低下與整個社會的鄙俗化。緊接著，外
族侵略與擴張的威脅日益迫近更加劇了這種情
況，中國近代文學在尚未熟習新的形式——白
話文，更沒有休養生息、自我提高的前提下，
擔當起了對它而言過份沈重的「救國於危亡之
際，救民於水火之中」的負擔。

　　中國現代詩便是在這種社會狀況與文化狀
況下起步的。破除了文言與格律的束縛，新詩
一度獲得了很大的發展，但由於盲目模仿西
方、沒有區分詩與散文的界限，因而後繼乏力，
在給人某種新奇感之後便顯露出自身的蒼白。
由於中國長達數千年的古典詩傳統所造成的心
理定勢難以破除，唐詩宋詞的高度成就更造成
了中國讀者過高的閱讀期待，中國現代詩只有
在找到具有長久生命力的價值系統來作為自身
強大文化之源之後，才會獲得長足的發展。

　　中國現代詩的開創者逐步向神秘主義的靠
近更是這種尋根求源的歷史性衝動的第一步。

　　魯迅的散文詩集《野草》是中國第一部具
現代主義風格的詩集。儘管作者後來常把《野
草》中的許多篇章解釋爲對當時黑暗政治的控
訴，但作品一經發表便交付與批評家和讀者，
而不爲作者所操縱，況且，魯迅在晚年的片言
只語僅僅是道出了當時創作《野草》的心境與
動機，遠非概括這部詩集的藝術全貌。魯迅深
廣的憂憤已超越了社會現實的層次，而直逼入
人類本性與中國人天性的深處，對於人性惡、
人性異化的深刻洞察是魯迅與現代主義者的直
接匯通點，這一點使《野草》與波特萊爾的《惡
之花》乃至艾略特的〈荒原〉具有相近的思想
內涵與相似的藝術風格。《野草》更將對人性惡
的洞察直接推入整個人類的悲劇性存在的處境
之中，正如同魯迅的那些（如《狂人日記》、《阿
Ｑ正傳》）與卡夫卡、杜思妥也夫斯基等現代主
義大師相近似的小說作品一樣，《野草》超越了
對中國現實的批判，而達到了對人類整個存在
的悲劇性觀照之中。而《野草》濃厚的象徵主
義風格，它所營造的慘淡陰暗的神祕氛圍、其

些形象如「一男一女全裸立於荒野中，手持寶劍。既不擁吻，也不殺戮」所蘊含的神秘意味，它對死亡與詩人自身的生存所作的玄想，已遠遠超出了政治諷喻它創造出一種濃黑悲涼的神秘主義詩境，這是青年魯迅、詩人魯迅依天性的血性、過人的敏銳，詩本身蘊含的向神秘主義衝刺的天然衝動，面對中國社會與人類生存所作的黑暗的預言，其中屢屢出現的佛教形象與習語、詩人對野草咒語般的驅遣與宗教般再生的信心，對兒童時代的不盡相思和不可名狀的玄想，這一切，構築了《野草》特有的陷入魔圈一般的神秘主義詩境，迥然有別於晚年作為雜文家和政治家的魯迅；《野草》是中國現代詩神秘化的初次嘗試。

更自覺地向神秘主義靠攏的詩人則有冰心、梁宗岱、宗白華、朱湘、馮至、徐志摩、汪靜之、劉半農等。郭沫若的〈女神〉更是以泛神論的神秘主義為核心，表達了鳳凰涅槃的宗教般的信心。(注1)

梁宗岱的〈晚禱〉歷來膾炙人口，它秉有

一種情思交融的寧靜之美、安詳之美、神祕之
美,脫口而出的一聲對「主」的呼喚殊可玩味,
這一呼喚在五四詩壇顯得如此落落寡合,餘韻
嫋嫋至今續曲難尋:

　　　我獨自站在籬邊,
　　　主啊,在這暮靄的茫昧中,
　　　溫軟的影兒恬靜地來去,
　　　牧羊兒正開始他野薔薇的幽夢。
　　　我獨自地站在這裡,
　　　悔恨而沉思著我狂熱的從前,
　　　痴妄地采擷世界的花朵。
　　　我只含淚地期待著——
　　　祈望有幽微的片紅
　　　給春暮闌珊的東風
　　　不經意地吹到我的面前:
　　　虔誠地,輕謐地
　　　在黃昏星懺悔的溫光中
　　　完成我感恩的晚禱。(注2)

　　從李金髮開始,中國現代詩開始向現代主

義發展，並且開始自覺追求詩的神秘性。二十年代的李金髮、三十年代的戴望舒、四十年代的穆旦等九葉詩人，都開始刻意追求詩的神秘蘊含與神秘美。詩評家施蟄存認爲，「仿佛得之」是欣賞詩的極限，(注3) 這一論點已將詩的神秘蘊含與神秘美囊括淨盡，李健吾則進一步解說道：

> 一首詩，當你用盡了心力，即使徒然，你最後得到的不是一個名目，而是人生，宇宙，一切加上一切的無從說起的經驗——詩的經驗。(注4)

1925年11月，李金髮的詩集《微雨》出版，中國式的現代主義詩歌正式誕生。李金髮以青春的靈性進入一個神秘幽暗的象徵世界之中，他的詩以怪誕之美、朦朧之美、神秘之美震撼了中國詩壇，他的詩成爲中國詩壇第一批眞正屬於現代性質的作品。

棄婦之隱憂堆積在動作上，

　　夕陽之火不能把時間之煩悶
　　化成灰燼，從煙突裡飛去，
　　長染在游鴉之羽，
　　將同棲止於海嘯之石上，
　　靜聽舟子之歌。(注5)


　　我將戾笑在荷花生處之河岸，
　　在炎夏之海潮，如新月之美麗，
　　你靠近我以滿著黑夜之眼睛，
　　我所吻的是你之靈。(注6)


　　啊婦人，無散髮在我庭院裡，
　　你收盡了死者之灰，
　　還吟輓歌在廣場之隅，
　　跳躍在玫瑰之叢。(注7)


　　李金髮置身於一個死亡、衰敗、頹唐的世
界之中，他將不盡的顫慄化而爲情愛的沉迷，
從而寫下了神祕動人的愛情詩章。李金髮是傑
出的「愛的歌者」。

此後，穆木天的幽美、戴望舒的淒清、卞之琳的冷雋、穆旦的玄靜、何其芳的纖穠、金克木的悒郁、徐遲的輕靈……中國現代詩向著神秘主義發展，途徑爲模糊藝術形象並拉開一定的心理距離。從而在美感層次上獲得神秘化效果，將現代感性與中國古典美的抒情傳統結合，進而創造出神秘柔美的詩境。東方神秘主義以其寧靜柔美的品格滲入了冰心、宗白華等人的泛神論詩學世界觀；而以其對烏托邦的狂熱追尋的泛神論宗教世界觀，溶入了郭沫若等豪放詩人的作品，讀者從這些作品中看到了一個民族如火中鳳凰復活的希望。

# 二、東方微笑：台灣當代新詩

中國現代詩的命脈在五十年代的台灣獲得了接續。紀弦、覃子豪、洛夫等人舉起了現代主義大旗，標榜詩的純粹性與創新性，從而使現代詩在五、六十年代的台灣出現了繁榮的局

面，一時間，詩人輩出，佳作紛呈，燦若群星。
其中，覃子豪、周夢蝶、羊令野、方思、羅英、
敻虹、楊牧、林泠、辛鬱、白萩等寫下了東方
神祕主義詩篇，而紀弦、洛夫、余光中、羅門、
商禽、瘂弦、張默、葉維廉等寫出了富冒險、
實驗色彩的西方式的晦澀神祕的詩章。台灣現
代派詩人大多以靠近東方神祕主義世界觀爲其
詩歌底色，他們的作品成爲世界詩壇一縷玄妙
的東方微笑。

　　在台灣詩人中，覃子豪的神祕主義詩篇是
最耐人咀嚼的，他的詩將深刻的玄思與富麗的
人性相結合，創造了一種清澈透明，玄妙幽美
的抒情詩風：

　……

　　從短暫中面臨悠久
　　青空凝視我
　　我觀照夜
　　夜觀照悠悠於無極

集中感覺于頂梢，聽夜的呢喃
夢幻不易把握，有夢幻把握我
我和你飛翔在夢中
當影子橫臥
熱情之環緊扣著你的臂膀
時間在你呼吸裡抑揚
夜在呢喃著（注8）

周夢蝶的詩行，則給人一種中國詩中甚少
出現的新的體驗，這一體驗便是宗教體悟，周
夢蝶將佛教思想化而為深刻的憐憫、博愛、感
恩情緒以及超越的渴望：

沒有驚怖，沒有顛倒
一番花謝又是一番花開
想六十年後你自孤峰頂上坐起
看峰之下，之上之前之左右
簇擁著一片燈海——每盞燈裡有你
……
隱約有一道暖流幽幽地

　　流過我的渴待。燃燈人，當你手摩我頂
　　靜似奔雷，一只蝴蝶正爲我
　　預言一個石頭也會開花的世紀！（注9）

　　台灣現代詩將西方現代主義與東方神祕主
義巧妙結合，創造了具備很高哲學品格與典雅
氣質的詩風，其玄奧的況味、悠渺的神韻尤其
承襲了中國古典詩境的衣鉢。（限於資料和論
題，本書對台灣當代新生代詩歌未予涉及，讀
者可從本書參考書目中選讀相關內容。）台灣
現代詩以新的美學品格率先完成了中國詩向現
代的轉變。


# 三、天啟神諭：大陸當代新詩


　　中國詩向現代本質靠攏的努力在大陸則是
以地下的方式開始進行的。七十年代初，一群
青年人簇新的詩開始在大城市的讀者中以手抄
的形式秘密流傳，這就是朦朧詩。幾年以後，

當朦朧詩可以公開發表時，一股蘊涵深思與激情，並帶有朦朧神秘之美的新詩潮席捲了整個大陸詩壇。朦朧詩人是中國現代詩的拓荒者。

北島是朦朧詩最傑出的詩人，他以犀利的筆鋒直刺那中國歷史上最濃重的一團黑暗，並以無限的深情表達人性的復甦、抗爭與無奈。他是社會詩人，更是自由、愛情與人生體味的詩人，其描寫細膩而傳神，新穎而又富於韻律感，他對人性的歷史結局的神秘看法更使他的作品帶有比一般朦朧詩更多的哲學蘊含與神秘美。

　　我曾和一個無形的人
　　握手，一聲慘叫
　　我的手被燙傷
　　留下了烙印
　　當我和那些有形的人
　　握手，一聲慘叫
　　他們的手被燙傷
　　留下了烙印

我不敢再和別人握手
總是把手藏在背後
可當我祈禱
上蒼，雙手合十
一聲慘叫
在我內心深處
留下了烙印 (注10)

那神祕的「無形之人」顯然是詩人不敢觸及的黑暗思想與情緒，「有形之人」則指現實生活中的人，北島將對中國歷史、現實、未來的絕望看法設置爲詩人與一般庸衆間不可逾越的鴻溝，也正是上述中國生活中的絕望因素導致了人與人之間難以理解、「握手」、溝通。最後，詩人在自己的內心深處找到了這股黑暗的主宰一切的神祕力量眞正來源——正是人的自我、人的內心、人的自私天性，人的難以控制的欲望，構成了人類生存的困境與宿命，這裡，詩人北島率先將中國歷史的種種黑暗推而至於全人類生存的暗淡無光之境，於是，北島旣斷絕

了與人群溝通的渠道，也斷絕了與上帝溝通的渠道，整個中國現代詩面對現實時，恰如北島此詩所泄示的典型，只能發出一聲、一聲的「慘叫」，留下一道、一道絕望的「烙印」。

　　現實的醜惡與無奈往往壓抑淹沒了北島詩中特有的流暢韻律與節奏。只有當詩人逃入自然、愛情、人生溫情的「一小片晴空」時，北島詩境中那嚴峻陰暗的世界便投下了一道道美麗的幽光。北島是自然的歌者，愛情的歌者，神秘美的鍾情之人：

　　沿著鴿子的哨音

　　我尋找著你

　　高高的森林擋住了天空

　　小路上

　　一顆迷途的蒲公英

　　把我引向藍灰色的湖泊

　　在微微搖晃的倒影中

　　我找到了你

　　那深不可測的眼睛。(注11)

　　楊煉是朦朧詩中的另一高峰。他擅長汪洋
恣肆、一瀉千里的長篇巨制。與北島那凝煉深
沉、具有先知預言般宿命力量的短章〈一切〉
不同，長詩〈諾日朗〉以大氣磅礴的氣概，輝
煌耀眼的語言和節奏，表達了生命不可戰勝的
原初力量，在生與死、愛與仇、善與惡之間，
楊煉以生命情欲的泛化，使上述二者的對立彌
合並轉變，《諾日朗》是整個中國詩中第一聲男
性歡叫：

　　　我是金黃色的樹
　　　收穫黃金的樹
　　　熱情的挑逗來自深淵
　　　毫不理解周圍怯懦者的箴言
　　　直到我的波濤把它充滿

　　　流浪的女性，水面閃爍的女性
　　　誰是那迫使我啜飲的唯一的女性呢
　　　……
　　　在黑夜之上，在遺忘之上，在夢魘的呢喃

和微微呼喊之上，

此刻，在世界中央。我說：活下去——人
們

天地開創了，鳥兒啼叫著。一切，僅僅是
啓示（注12）

　　楊煉從中國都市生活的壓抑和絕望中掙脫
出來，在西藏這塊神奇的土地上，借助於另一
民族——藏族文化獲得了對中國與世界前途的
東方神秘主義式的信心，詩人在文明的源頭彷
彿重獲新生，發而爲創世紀般神秘主義的讚
歌。

　　這是哲學觀照中的短暫的審美自由。

　　如果說五四以來的中國新詩大多在不自覺
地向神秘主義這一詩的本質靠近的話，那麼朦
朧詩以來的中國現代詩眞正開始了向神秘主義
的熱烈追求。這種追求一方面是重返世界詩歌
總秩序的熱望所致，另一方面更是重新體認作
爲東方神秘主義源頭之一的中國詩性文化的巨
大價值。朦朧詩以模糊的語言意象和朦朧的詩

意美感首先動搖了實用主義與敎條主義束縛下
的中國詩壇，新生代詩更以其大膽而艱苦卓絕
的探索大大加快了中國詩向神祕主義邁進的步
伐。某種神祕的天啓寄寓於外部世界的淸風徐
徐吹來，使新生代詩人將詩的瞬間超越化而爲
「全民族精神重建」的莊嚴使命。漢民族自身
的生存困境與精神困境在北島、楊煉等朦朧詩
人之後的新生代詩人那裡變成了對神祕超越更
全面的企盼。1986年，《詩歌報》與《深圳青年
報》舉辦〈中國詩壇1986'現代詩群體大展〉標
誌著新生代詩人反現實的激烈程度，其中，張
棗、雪迪、柏樺、孟浪、于堅、陳東東、呂德
安、臧棣等是藝術水準較高的，而非非主義、
整體主義等衆多流派的宣告則顯示出對詩人在
一個更具威害力的大潮──商品意識大潮的淹
沒下企業醒世目顯的願望。剛剛解脫了政治枷
鎖的中國現代詩。還未獲得休養生息與深入發
展的時間，便被迎面而來的整個社會的拜金主
義狂潮所淹沒。與朦朧詩當時萌芽的情形一
樣，新生代詩被迫也轉入地下──以不受官方

經費支持的民間出版物的方式出版，北京的《傾
向》、《邊緣》、天津的《葵》、南京的《他們》
等民間打印出版、由詩人自費集資的詩刊如雨
後春筍在全國各地出現，表明了新生代詩人在
異常艱苦的條件下仍執著地追求不受商業惡俗
之風沾染的純詩與純美的理想。

　　新生代詩在朦朧詩的啓發下起步，但很快
以突飛猛進之勢越過了朦朧詩，向著更神秘的
方向發展。

　　新生代詩的哲學背景是人無法把握宇宙終
極意義與本質的神秘主義、非理性主義；新生
代詩的本體追求是以本眞的生命體驗與本眞的
語言方式把握外在世界，旨在傳達人類深不可
測、無以名之的神秘體驗；新生代詩的審美極
致是追求一種將人最終從現實中拯救出來的宗
教境界。

　　新生代詩大致朝兩個方向發展：一是繼續
探索西方現代詩已探索和正在探索的宇宙神秘
與宇宙虛無；二是將現代感性與東方神秘主義
結合。追求東方式的天人合一、人神溝通、物

我兩忘的東方神祕境界。前者以非非主義、莽
漢主義、大學生詩派、闡釋主義、「大浪潮」、
「他們」、超越派、「海上」、體驗詩等為代表；
後者以整體主義、真人文學、情緒詩、新傳統
主義、「東方人」、太極詩、「漢詩」等為代表。

　　由於當時的時代特點、詩人素質、中國社
會對創新觀念的阻撓、消耗、同化等因素的制
約，這些詩歌流派的一些作品有華而不實，或
粗俗淺薄之弊，但它哺育了一大批年青的詩
人，可以預料，這些詩人將在適當的歷史時機
衝出陰影，綻放繁花。

　　新生代詩歌理論的核心是著名的「三逃避」
與「三超越」原則。所謂「三逃避」即「逃避
知識」、「逃避思想」、「逃避意義」；「三超越」
即「超越邏輯、超越理性、超越語法」，實際上，
這些「逃避」與「超越」不過是新生代詩人神
秘主義宇宙觀與藝術觀的體現與表徵。

　　二十世紀的世界現實暴露出西方文藝復興
以來影響全世界的理性主義文明對人的本性、
人的本真存在方式、人與宇宙之神祕和諧造成

的巨大破壞，二十世紀的詩人們起而反抗這種
文明，但往往墮入虛無的深淵。只有那些以神
秘主義為內容填充這現代空虛的詩人，才有希
望將激烈反叛乃至失度的現代主義的詩歌引向
新的天地──充實而合度的宇宙神秘之詩。後
者正是東方智慧的本意。

　　中國年青的詩歌天才海子便是新生代詩中
放射出最奪目光輝的詩人。

　　海子將詩的神秘主義追求由美感層次推向
信仰層次，從而建立起一種詩歌信仰。他以天
才的火焰照亮了這世紀末的惡俗，每一個人都
將在此火焰前猛醒、頓悟、反思自己可憐的生
存。海子將自我絕望的生存棄之不顧、直奔入
未來的世紀之中。1989年3月26日，基督教復活
節，海子毅然自殺於山海關，殉詩而死。他將
對詩的信仰推至自己生命的極限，他將自己無
保留地獻給詩，任它帶自己進入不知的神秘王
國。

　　海子是抒情短章的聖手。他以最簡潔質樸
的語言，傳達了人最深不可測的神秘體驗和最

純淨的感受：

> 風很美
> 小小的風很美
> 自然界的乳房很美
> 水很美
> 水啊
> 無人和你
> 說話的時刻很美　(注13)

　　這是只有具聖潔之心、聖潔的目光才會看
到的純美世界，這是只有具渾然未璞的天生美
質才能傾吐的赤子之言，沒有一絲情欲與紛亂
攪動這原初世界的靜美，有如純潔的聖嬰，有
如初遇的情人，睡眼初睜，酣夢方醒，對整個
宇宙天地一見鍾情。這是莊子「不言之大美」，
老子「含德之厚，比於赤子」的活靈活現，這
是詩中赤子、宇宙情人海子向萬物中飽含的人
性、母性、神性的深情呼喚。

> 我請求熄滅

生鐵的光、愛人的光和陽光
我請求下雨
我請求
在夜裡死去

我請求在早上
你碰見
埋我的人
歲月的塵埃無邊
秋天
我請求：
下一場雨
洗清我的骨頭
我的眼睛合上
我請求：
雨
雨是一生過錯
雨是悲歡離合（注14）

這是催人淚下的詩篇。用世俗語言闡釋它

簡直是罪過；佛教習語或許可約略把握其神韻
——這是「大悲憫」，真正的悲天憫人，真正的
生死澈悟，那漫天的淚雨洗淨了塵世的光、歲
月的塵、詩人的骨，詩人渴望一個超現實的清
新宇宙，雨是詩的化身、情的化身、不滅的人
性化身。海子的詩篇超越了本世紀以來西方所
有「語言革命」的詩作，重返人的生命體驗與
深厚情感的最深處。海子的詩篇是現代詩由二
十世紀向二十一世紀轉變的契機。

　　海子向本世紀挑戰性地獨擎浪漫主義旗
幟，並將這種浪漫主義直接推入宗教神秘主義
之中。他的系列長詩〈太陽・七部書〉成為中
國現代詩中第一部偉大的神秘主義史詩。

　　〈太陽・彌賽亞〉中的〈獻詩〉首先追述
自己詩心萌醒的過程：

　　　從天而降，1982
　　　我年剛十八，胸懷憧憬
　　　背著一個受傷的陌生人
　　　去尋找天堂，去尋找生命 （注15）

　　這是海子給詩人下達的天命——「尋找天堂」、尋找上帝。海子是第一個向天堂出發的詩人。

　　在接下來的〈天堂裡打柴人與火的秘密談話〉中，詩人以屈原天問般的氣魄叩問彌漫太空的本質空虛：

　　我在天空深處
　　高聲詢問
　　誰在？　(注16)

　　詩人發現宇宙之中除「自我」之外別無所有。詩人苦苦追問——「還有誰在？」、這是中國現代詩中的第一次超驗之問、神秘之問，他要發現個體生命之外的、超越個體生命及其每個自我之上更高的存在，只有找到了這種存在，人才不是孤獨的。

　　從天空邁出一步
　　三千兒童
　　三千孩子

三千赤子
被一位無頭英雄
領著殺下了天空
……
孩子們，聽見了嗎
這降臨到大地上後
你們聽到的第一個
屬於大地也屬於天空
的聲音：孩子們，聽見了嗎，那是太陽（注
17）

　　一片空虛中詩人發現了給予世界生命的巨
大力量——太陽，太陽以生命之火點燃了整個
宇宙的青春、詩人澎湃的詩情，詩人將自我與
太陽相等同並加以深刻的體認，從而暗示了詩
人在塵世的命運恰如太陽自我燃燒卻沒有報
償：

在長長的、孤獨的光線中
只有主要的在前進

只有主要的仍然在前進
沒有伙伴
沒有他自己的伙伴
也沒有受到天地的關懷
……
在火光中，我跟不上自己那孤獨的
獨自前進的，主要的思想
我跟不上自己快如閃電的思想
在火光中，我跟不上自己的景象
我的生命已經盲目
在火光中，我的生命跟不上自己的景象 (注
18)

　　海子的生命與自我之間不存在認識關係，
他巨大而盲目的生命激情終於在1989年3月26
日轟然爆發。像人類藝術史上一切殉美而死的
天才梵谷、特拉克爾、茨維塔耶娃、葉賽寧、
三島由紀夫一樣，他在二千年後繼承了屈原的
宿命，成爲現代中國詩人中向詩的祭壇自我獻
祭的第一個聖嬰。

　　海子的詩篇將開啟中國詩的新生之途。在
〈太陽・七部書〉的結尾，海子似乎預見了他
自己的復活，不朽的青春復甦，全民族詩化心
靈與詩意生活的再度甦醒，那是真正的宗教般
的信仰與預見力，最高的神祕主義：

　　這一夜
　　天堂在下雪
　　整整一夜天堂在下雪
　　相當於我們一個世紀天堂在下雪
　　這就是我們的冰川紀
　　冰河時期多麼漫長而荒涼
　　多麼絕望

　　而天堂降下了比雨水還溫暖的大雪
　　天梯上也積滿了白雪
　　那是幸福的大雪
　　天堂的大雪
　　天堂的大雪紛紛
　　充滿了節日氣氛

　　這是誕生的日子

　　天堂有誰在誕生 (注19)

　　塵世的冰河紀萬象蕭條、一片淒涼之時，也正是光明潔白的天堂景象形成之日。海子先期看到了那神秘的銀白世界，那充滿幸福怡然之樂的節慶氣氛，在那旣寧靜而又悠然的氣氛中，一個新生的嬰兒正在誕生。

　　那是誰？

　　海子心存此問，不覺振翅飛起，塵網一一脫落，紅塵被雪滌淨，海子棄塵世而入天國，看到那嬰兒正是他自己。

　　很快的，幾個追隨者接踵而至；駱一禾、戈麥、方向……年靑的英才紛紛自殺或早夭，詩歌祭壇的火焰越燒越紅。

　　駱一禾的早期短詩仍糾纏於朦朧詩技巧之中，直到1986年4～5月間完成的組詩〈蜜──獻給太陽和燦爛的液體〉才出現了詩質的飛躍和個人詩風的形成。

　　組詩〈蜜〉具有飛躍靈動之美、瀟灑飄逸

之美、清秀脫俗之美：

　　中緯度的大海之濱
　　放眼遠眺日落時分的天文
　　晨昏蒙影
　　置你於內秀的孤獨

　　……

　　帶著沈默的嘴唇和崩聾的耳朵
　　你要隻身前往
　　你四十萬公里長度的燦爛日珥中
　　洶湧在你心頭的
　　必是偉大的愛情

　　……

　　靜物的海　寧靜地藍在布上
　　舒開黃昏的身體
　　身體在芳香中鼓舞　溫暖在醇厚裡沉睡

上空有猛禽鑿擊的盾牌
有鮮血在颯颯飛行
……


水在大塊地潮濕
永動者坐在世界的心裡
而陸地　這陸地
這岸
這莊嚴的黑暗與光明


你要默認自己的詩句：行行重行行 (注20)

　　駱一禾將智者的玲瓏剔透之思置於空靈飛
動的詩歌節奏之中，從而獲得一種神明般舞動
於意象之上的飛躍之姿：

那呼之欲出的　那沉澱的時光性靈與胸懷
你祝福於我　降生於我
我林立於風暴的中心
大團的氣流呼嘯

　　水氣和塵埃自我的河流激盪
　　我懷戀你的地名
　　你渾身的大火
　　你手掌上痛苦的眼睛　(注21)

　　駱一禾的長詩〈修遠〉、〈屋宇〉等將亮麗
流暢的語言與長風千里的節奏結合，將對自然
人生的親切體悟與超自然渴望相結合，創造了
濃淡相宜、徐緩有致、情智調合的詩風，它與
海子〈太陽‧七部書〉的濃烈不同，既明快又
沉穩，既搖曳多姿又清澈醇厚，其開闊的視野、
高人遠致般的神韻，時空本質深邃的把握，神
祕主義的象徵與隱喻，這一切，使駱一禾的詩
在整個新生代詩文中占據一個突出的地位。
　　比海子、駱一禾更默默無聞的詩人是戈
麥，他將經自己編輯打印出來的詩集《鐵與砂》
毀棄，然後毅然自沉於湖。我們這些倖存者今
天之所以能就著天邊災難的火光讀著這些絕命
之作，全賴當時替詩人打字的朋友所保存下來
的磁片。

　　戈麥將詩比作這世紀末黃昏中最後一個明
亮的星辰：

　　黃昏的星從大地的海洋升起
　　我站在黑暗的盡頭
　　看到黃昏像一座雪白的裸體
　　我是天空唯一一顆發光的星星

　　……

　　黃昏，是天空中唯一的發光體
　　星，是黑夜的女兒苦悶的床單
　　我，是我一生中無邊的黑暗
　　……（注22）

　　戈麥將新生代詩中的神秘主義直接表達爲
對神的呼喚，這一呼喚成爲整個中國現代詩中
的神秘主義絕唱：

　　扶正良知，信仰像一支光的影子拉長
　　塵世、珍珠和少女堆在半個天上

　　像一座光的乳房。航路已如此清晰
　　因陀羅的席子是浮於淵海之上
　　……


　　橘子的光，鴿子胸脯的光，貴冑的光
　　強大的燭火在幔紗後節日的午宴上聚集
　　佛的手掌，定會鋪成一條天路
　　天物之上，眾生仰望光澤的釋，光輝的達
　　摩


　　雲海之下慧雨空濛，雲海之上萬里晴空
　　那是晴朗的雲海，一萬里的光
　　最大的光，雲海之上，最大的光環
　　像牟尼的頭，像它的美，它的豐儀　(注23)

　　中國當代新詩的潛結構是宗教。這一點使
它既有別於本世紀上半葉西方的現代主義詩
歌，也有別於本世紀下半葉的後現代主義，更
不同於海峽對岸的台灣現代詩歌，西方現代主
義、後現代主義及其影響下的台灣新詩的潛結

構是哲學。即以時空網絡描述世界，人由於在
此時空網絡中找不到自己的定位而苦惱。中國
當代新詩則遠遠超出了這種養尊處優式的智性
焦慮或「智慧的痛苦」，中國當代詩人必須面對
的是生存的苦難、現實的苦難、感性的苦難，
全民族無以振拔的肉體與精神痛苦。用哲學的
抽象方法來認知和把握這樣的苦難是遠遠不夠
的，中國當代詩人不約而同地摸索到了東西方
神秘主義中最深刻最強大的部分──宗教超越
力量。只有超時空、超自我、超現實的宗教力
量，才能使陷於苦難中難以自拔的詩人重獲信
心，使日益沉淪的當代人類重獲新生。詩人將
詩作為一種信仰，作為一種通達永恆之門的神
秘天梯，將整個的青春與生命作為礶石鋪在這
荊棘血路之上，以期全民族、乃至全人類的心
靈得以沐浴更衣，登堂入室，踏上復活之途。
在這種信仰中，詩人與詩之間由一種清醒的把
握變成了神秘的不可把握的相互擁有、佔據、
崇拜、交合，有如神靈附體。

　　現代人類創立「詩歌宗教」的理想或許會

在中國這樣一個創巨痛深、苦難深重的民族中實現。

　　現代神祕主義哲學大師維根斯坦曾說：「我完全可以想像出這樣一種宗教，其中沒有任何教義，因而也沒有什麼可說。」（注24）這正是詩歌宗教的本意。它不是要人們去進行迷信活動和偶像崇拜，而是要人們在詩的教育與潛移默化的影響下（這一點與中國古老的「詩教」傳統暗合），進入與宇宙生命無聲而神祕的交流，從而使人性恢復本真的自由、尊嚴與美好。

　　海子等人是這種「新宗教」的早期「殉教者」。

　　而海子、駱一禾、戈麥死的眞正原因或詩人自殺對其餘生者的文化意義在於：它昭示了詩在面對現實時採取的逍遙與逃避兼有的審美境界不足以對抗現實中許多暫時但卻頑固的醜惡與陰暗，這一點正是詩的現代困境。具超驗文化價值的哲學傳統與宗教傳統在現代世界的衰落，使詩的審美之維十分柔弱，不足以在勢單力孤的個人與冥頑不化的現實（包括歷史現

實、社會現實、人性現實）的鬥爭中支撐詩人
的信心與生命，只有當詩的審美之維、堅韌的
哲學觀照、宗教境界所特具的超越與拯救的力
量合成三維空間，詩人的生命、作品的生命才
會於其中獲得保全而不爲現實的醜惡所壓碎。

　　新生代是中國現代詩向宗教神秘境界邁出
的第一步。眞正光明朗照、堅韌不拔的詩行還
有待於新的時代、新的詩人。


# 結語


　　一九六六年，海德格，作爲本世紀最深刻
最卓越的哲學家和詩學家，接受德國《明境》
雜誌採訪時，道出了他去世前的最後遺言：

　　　　只還有一個上帝能夠救渡我們。(注
25)

這最後的上帝便是美，是詩。
海德格以先知般的預見力發布他最後的醒

世箴言：

　　　　留給我們的唯一可能是，在思與詩中
為上帝之出現作準備或者為在沒落中上帝
不出現作準備。我們瞻望著不出現的上帝
而沒落。(注26)


這是真正的世界之夜。
這是真正的世紀之夜。
此時正是夜半時分，黑暗正濃。
人類沉淪於其中，只是一味呻吟，卻不思
拯救。
更新的一代則以此為樂。


　　　　在此黑暗與沉淪中，詩是這虛無般籠
罩的夜空上唯一的星星，遙遠而慘淡的星
星。
　　　　星兒喲，你照耀吧。
　　　　少數心靈在此星光中瞻望星辰背後隱
藏的神祕宇宙。

　　少數翅膀借此依稀的光芒，揮去少許
的黑暗。

　　閃爍的微光日形消瘦，搖曳不定。
　　詩人喲，睇視這黑暗吧。
　　萬千隱藏的星辰現出你們的光潔之
身，為我編織一個花環吧。

然而詩歌絕不是徒然吟唱的。

　　許多民族將在這一吟唱中重獲新生。中國
就是其中之一；作為一個東方神秘主義發源地
和古典詩文居世界頂峰的五千年詩文化，作為
當代世界心理體驗最集中的地區，加上一種古
老文明起死回生時經歷的豐富與深刻程度，中
國本應向世界貢獻出更偉大的新詩。一切都有
賴於中國詩人體驗現代危機與痛苦的廣度與深
度。

　　痛苦累積有多高，詩便有多高。

　　詩又是苦海中的振拔，人生唯一的超越。

　　苦難的二十世紀行將結束；新的世紀曙光

就在眼前。

　　二十一世紀必將把呻吟化爲神秘喜悅的歌唱。

# 注釋

注1：郭沫若：〈女神〉。

注2：梁宗岱：〈晚禱〉。

注3：施蟄存：〈海水立波〉。

注4：李健吾：轉引自《現代詩導讀》（孫玉石編著）。

注5：李金髮：〈微雨〉。

注6：同上。

注7：同上。

注8：覃子豪：〈夜在呢喃〉。

注9：周夢蝶：〈孤峰頂上〉。

注10：北島：〈觸電〉。

注11：北島：〈迷途〉。

注12：楊煉：〈諾日朗〉。

注13：海子：〈風很美〉。

注14：海子：〈我請求：雨〉。

注15：海子：〈太陽·七部書〉。

注16：同上。

注17：同上。

注18：同上。

注 19：同上。

注 20：駱一禾：〈蜜〉。

注 21：駱一禾：〈曙光三女神〉。

注 22：戈麥：〈獻給黃昏的星〉。

注 23：戈麥：〈佛光〉。

注 24：維特根斯坦：《1929年倫理學講演》。

注 25：海德格答《明鏡》記者問，《外國哲學資料》第二
　　　　輯。

注 26：同上。

# 卷末詩：百花祭典

將日子修剪成一朵蔚藍的雛菊
勻淨地排列在風的手指周圍

師曠眼前
綻開永恆
那一池白蓮

細雪，隨樂起舞
落滿夜晚
搖動的雙乳

進入童年溫暖的被窩
進入嬰兒的嘴唇
進入黎明：某些脆弱的詩行
隨往事一同焚化

從不可見的種籽根部，生長
出枝椏和歌曲，分埋於
詞語的綠蔭處。從白瓷的
邊緣，跌入陰影，跌入
玫瑰寬大的骨盆
陽光輕聲哭泣著

夢中，兩條河流揚起
雪白的鬃毛，向羞紅滿面的
黑暗，疾馳而去

# 參考書目

《周易》，朱熹注，上海古籍出版社，1987

《易學哲學史》（上、中、下），朱伯昆著，北大，1986

《論語》，朱熹注，上海古籍，1987

《中國哲學簡史》，馮友蘭著，北大，1985

《老子譯注》，馮達甫譯注，上海古籍，1991

《莊子通義》，陸欽著，吉林人民，1994

《理學　佛學　玄學》，湯用彤著，北大，1991

《中國美學史》（1、2），李澤厚、劉綱紀主編，中國社科，1984、1987

《藝境》，宗白華著，北大，1987

《談藝錄》，錢鍾書著，中華書局，1984

《文學活動的美學闡釋》，童慶炳著，人民文學，1990

《詩的瞬間狂喜》，簡政珍著，台灣時報文化出版公司，1991

《李太白全集》，王琦注，中華書局，1977

《杜詩詳注》，仇兆鰲注，中華書局，1979

《野草》，魯迅著，人民文學，1956

《朦朧詩：新生代詩注解》，李麗中著，南開大學，1986

《海子的詩》，西川編，人民文學，1995

《當代台灣詩萃》（上、下），藍海文編，湖南文藝，1988

《台灣新世代詩人大系》，簡政珍、林燿德編，台灣書林出
　版有限公司，1990

《S.L.和寶藍色筆記》，孟樊著，台灣書林，1992

《西方哲學史》，羅素著，商務印書館，1988

《柏拉圖文藝對話錄》，朱光潛譯，人民文學1956

《新科學》，維柯著，商務，1989

《權力意志》，尼采著，商務，1994

《愛默生集》（上、下），愛默生著，三聯，1993

《一個藝術家的信仰》，泰戈爾著，上海三聯，1986

《名理論》，維根斯坦著，北大，1988

《詩、語言、思》，海德格著，文心藝術，1991

《存在與虛無》，沙特著，三聯，1987

《二十世紀法國思潮》，祁雅理著，商務1987

《語言和神話》，卡西爾著，三聯，1988

《20世紀西方宗教哲學文選》（上、中、下），劉小楓編，
　上海三聯，1991

《草葉集》，惠特曼著，人民文學，1987

《吉檀迦利》，泰戈爾著，浙江文藝，1991

《外國20世紀純抒情詩精華》，王家新、唐曉渡編，作家出
　版社，1992

《奧‧帕斯詩編》，帕斯著，北方文藝，1991

《英雄輓歌》，埃利蒂斯著，灕江，1995

國家圖書館出版品預行編目資料

神秘詩學 =Mysitc poeties/ 毛峰著. ──初版.
　─臺北市：揚智文化，1997 [民 86]
　　面 ； 公分. ──(文化手邊冊 ；31）
　參考書目 ：面

　ISBN 957-9272-91-3(平裝)

　1. 詩-評論

812.1　　　　　　　　　　　　　85012205

神秘詩學　　　　　　　　　　文化手邊冊 31

著　　者☞毛峰

出 版 者☞揚智文化事業股份有限公司

發 行 人☞葉忠賢

責任編 輯☞賴筱彌

登 記 證☞局版北市業字第 1117 號

地　　址☞台北市新生南路三段 88 號 5 樓之 6

電　　話☞(02)23660309　23660313

傳　　真☞(02)3660310

郵政劃撥☞14534976

印　　刷☞偉勵彩色印刷股份有限公司

法律顧問☞北辰著作權事務所　蕭雄淋律師

初版二刷☞2001 年 5 月

定　　價☞新台幣 150 元

ＩＳＢＮ☞957-9272-91-3

E-mail☞tn605547@ms6.tisnet.net.tw

網 址☞http://www.ycrc.com.tw

本書如有缺頁、破損、裝訂錯誤，請寄回更換。
版權所有　翻印必究